광화문에서 읽다 거닐다 느끼다

광화문에서 읽다 거닐다 느끼다

초판　　　　1쇄 발행 2010년 10월 23일
개정판　　　1쇄 발행 2015년 8월 7일
개정증보판　1쇄 발행 2020년 10월 1일
개정증보판　8쇄 발행 2020년 11월 16일

엮은이 광화문글판 문안선정위원회
발행인 박영규

발행처 주식회사 교보문고
등록 제406-2008-000090호(2008년 12월 5일)
주소 경기도 파주시 문발로 249
전화 대표전화 02)1544-1900 **주문** 02)3156-3681 **팩스** 0502)987-5725

ISBN 979-11-5909-995-3 03810
책값은 표지에 있습니다.
KOMCA 승인필

광화문에서 읽다 거닐다 느끼다

광화문글판 문안선정위원회 엮음

교보문고

_ 차례

1부 우리가 사랑한 시인들
_ 광화문에서 만나다

2부 우리가 사랑한 글판들
  _광화문에서 보다

봄, 차오르다

여름, 달리다

가을, 영글다

겨울, 기다리다

3부 우리가 사랑한 이야기들
_광화문에서 쓰다

우리 곁에, 광화문글판

1부

우리가 사랑한 시인들
_ 광화문에서 만나다

나
태
주

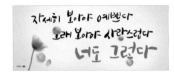

"풀꽃은 작고 초라합니다. 화려하지도 않습니다.
이러한 풀꽃을 그림으로 그리려면 자세히 보고 오래 보아야 합니다."

올해로 등단 50주년을 맞이한 나태주 시인은 삶 속의 반짝이는 기쁨을
우리에게 들려준다. 그의 시를 읽을 때면 가만히 다가와 손을 잡아주
는 듯한 따뜻함을 느낀다. 그래서일까, 2012년 봄 광화문글판을 장식한
〈풀꽃〉은 가장 큰 사랑을 받았다. 몇 줄의 글을 읽는 것만으로도 세상
을 둥글게 보고 가슴속에 예쁘고 사랑스러운 것을 품어보게 된다.

Q. 최근 근황이 궁금합니다.

저는 글 쓰는 사람이고 또 늙은 사람이기 때문에 거기에 맞도록
삽니다. 첫째는 글 쓰는 일에 시간을 보내고 있으며, 문학 강연 초청
에 응해서 전국 각지의 독자들을 찾아다니며 소일하고 있습니다. 코
로나19로 올해는 각종 문화 행사가 미루어지거나 취소돼 문학 강연
이 많이 줄었습니다만 제가 공주에서 풀꽃문학관을 운영하고 있어서
풀꽃문학관에 나가서 꽃도 돌보고 찾아오는 손님도 맞이하면서 많은

시간을 보내고 있습니다.

Q. 2012년 봄 광화문 사거리에 〈풀꽃〉 글판이 걸렸을 때 혹시 직접 가서 보신 적 있으신가요?

당시 직접 가서 보지는 못했습니다. 하지만 많은 지인들로부터 문자 메시지나 영상을 받았습니다. 처음엔 평범한 마음이었는데 점점 뜨거워졌습니다. 그러니까 나 스스로 혼자서 뜨거워진 것이 아니라 다른 사람들과 더불어 뜨거워진 뜨거움입니다. 그래서 나 자신도 놀라기도 했습니다.

광화문글판의 〈풀꽃〉 시야말로 오늘날의 나를 있게 해준 중요한 계기 가운데 하나입니다. 오늘날 나의 책이 잘 팔리고 내가 아주 많은 문학 강연을 하는 사람이 되었다면 그것은 오로지 〈풀꽃〉 시 덕분이고 광화문글판의 응원이 큰 몫을 하고 있다고 보겠습니다. 감사한 일이지요.

Q. 〈풀꽃〉은 역대 광화문글판 중 가장 시민들이 사랑하는 글판입니다. 이 작품은 어떤 계기로 탄생하게 되었나요?

시의 탄생 계기가 아주 단순하고 평범합니다. 저는 43년 동안 초등학교 교사 생활을 한 사람입니다. 교직 후반부에 교장으로 여러 해 일했는데 두 번째 근무하던 학교에서 아이들과 글짓기 공부를 하다가 풀꽃 그림을 그리던 날이 있었습니다.

그때 풀꽃 그림을 그리면서 아이들에게 해준 말을 그대로 옮겨서 적은 문장이 바로 이 시입니다. 풀꽃은 작고 초라합니다. 화려하지도 않습니다. 이러한 풀꽃을 그림으로 그리려면 자세히 보고 오래 보아야 합니다. 그것은 풀꽃만 그런 것이 아니라 아이들도 그렇고 우리네 인생도 마찬가지입니다.

나 스스로 말을 하고 나서 문득 그 말을 거두어 쓴 시가 바로 〈풀꽃〉입니다. 그러니까 문자 언어보다는 음성 언어에 의탁한 문장이라 하겠습니다. 그래서 글이 경쾌하고 생활적이며 지극히 감성적입니다. 아마도 이런 점이 독자들 마음에 들었던가 싶습니다. 사소한 것들에게서 영감을 받고 도움을 받아서 시를 건지는 제 평소의 시작법詩作法이 가장 잘 드러난 시가 바로 〈풀꽃〉이라 하겠습니다.

Q. 시인의 시에서는 풀과 꽃이라는 단어가 많이 보입니다. 풀과 꽃의 의미는 무엇인가요?

풀은 저에게 생명 그 자체를 말하는 상징적 기제입니다. 작고 보잘것없고 흔하지만 고귀한 대상을 저는 풀이라고 표현합니다. 거기에 피어나는 결과, 가장 아름다운 성취가 바로 꽃입니다. 풀이나 꽃의 의미는 실상 무릇 인간에 대치되는 그 무엇이기도 하고 그 근본되는 구성체이기도 합니다.

특히 '꽃'이란 말은 성취, 보람, 성공, 아름다움, 사랑의 총체로서의 의미를 지닌 단어입니다. 프랑스의 인상파 화가 르누아르가 꽃과 여자가 없었다면 자신은 화가가 되지 않았을 것이라고 말했다는데, 저 또한 풀과 꽃과 사랑이 없었다면 시인이 되지 않을 것이라고 말하고 싶은 심정입니다.

Q. 올해 등단 50주년을 맞이하셨습니다. 특별한 소회가 있으신 가요?

아, 한세상 꿈을 꾼 것만 같습니다. 반세기라니요! 아주 딴 세상에 온 것 같습니다. 손이 턱 놓아지고 긴 숨이 저절로 쉬어집니다. 아! 하는 소리가 절로 나옵니다. 이렇게 시인으로서 초라한 시골 사람으로 잘 산 것이 너무나도 감사해서 눈물겨워집니다. 모든 사람과 주변의 사물들에게 고개 숙여 인사드리고 싶습니다.

고마웠노라고. 참 좋았노라고. 앞으로도 조금만 더 좋았으면 정말로 좋겠노라고. 우리 조금만 더 손을 잡고 있고 그 손을 놓지 말자고. 조금만 더 기회가 주어졌으면 참 좋겠노라고.

Q. 시인의 시를 읽으면 따뜻하고, 행복하고, 용기가 생깁니다. 세상을 어떤 눈으로 바라보고 계신가요?

저는 2007년 교직 말년에 죽을병에 걸려 모진 투병생활을 하며 많은 도움을 받았습니다. 그때 나는 이미 죽은 사람입니다. 죽었어야 하는 사람입니다. 이제 남은 인생은 덤으로, 개평으로 사는 인생입니다. 그러므로 아무리 작고 사소한 일이나 사물에 대해서라도 충분히 고맙고 사랑스럽고 고귀하게 생각할 수 있습니다. 저의 시는 바로 그런 감사와 의미와 가치 속에서 생겨납니다.

Q. 시인의 작품 중 다른 계절의 글판에 어울린다고 생각하는 작품이나 구절이 있을까요?

올해는 코로나19와 긴 장마까지 겹쳐서 너나없이 흐느적흐느적

산 날들이 많았습니다. 혼을 빼놓고 산 것 같아요. 오랜 꿈속이나 아주 긴 영화의 한 장면 속으로 들어갔다가 나온 것 같은 날들이었습니다. 이런 사람들에게 〈안부〉라는 시를 보내고 싶습니다.

오래
보고 싶었다

오래
만나지 못했다
잘 있노라니
그것만 고마웠다.

Q. 시인이 생각하는 좋은 시란 무엇인가요?

제 말이 아닙니다만 이런 말을 하고 싶네요. "좋은 시란 어린이에게는 노래가 되고 청년에게는 철학이 되고 노인에게는 인생이 되는 시다." 독일 문학가 괴테의 말입니다.

저는 유명한 시인이나 유명한 시보다도 유용한 시와 유용한 시인을 원합니다. 그건 독자들 또한 그럴 것입니다. 그래서 저는 이렇게 말하고 싶습니다. "좋은 시란 독자들에게 유용한 시이며 죽어가는 사람을 살리는 시이다." 또 이렇게 말하고도 싶습니다. "시는 세상에 보내는 연애편지이고 시인은 세상 사람들을 위한 감정의 서비스 맨이다." 이런 조건에 두루 충족되는 작품이라면 좋은 시라고 보겠습니다.

정현종

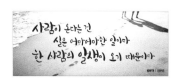

사랑이 온다는 건
실은 어마어마한 일이다
한 사람의 일생이 오기 때문이다

방문객 | 정현종

"과일은 나무에서 따는 순간 썩기 시작하고
물고기는 잡아 올리는 순간 상하기 시작하듯이
말도 발설이 되는 순간 낡아가기 시작합니다.
그러니까 아직 발음되지 않은 말이 제일 신선합니다."

1965년 등단한 정현종 시인은 시에 대해서만은 완벽주의자다. 그래서
일까. 그의 시를 읽은 사람들은 공감을 넘어 삶을 견디는 힘을 얻는다.
2011년 광화문글판 여름편이었던 〈방문객〉은 시를 읽는 순간 느끼는
감정의 울림보다, 살다가 문득 이 시를 경험하고 실감할 때 더욱 강렬하
게 다가온 작품이었다. 〈방문객〉에 관한 시인의 인터뷰는 산문 〈세상의
영예로운 것으로의 변용─시와 시인에 관한 짧은 성찰〉의 일부로 대신
한다.

❀ ❀ ❀

사람을 만나 밥도 먹고 술도 한잔하면서 이야기하는 걸 나는 좋아
합니다만, 나는 독백이 아니라 서로 주거니 받거니 하는 이야기 방식

을 좋아합니다. 그런 형식 중에는 오래된 종교 경전들이나 철학적 대화편들이 있습니다만, 요새도 대담, 인터뷰 같은 것들이 있고, 나는 그런 형식의 대화 읽기를 아주 좋아합니다. 그리고 편지도 주고받는 것이므로 대화의 한 형식이겠지요. 그런데 편지의 독특한 점은 그 내밀성에 있다고 생각합니다. 편지라는 공간에서 마음의 내밀성은, 어떤 방해도 받지 않은 채 넓어지고 깊어집니다. 그 내밀성 속에는 물론 열려 있고 활동적인 친밀감이 들어 있지요.

편지 이야기가 나왔으니, 나의 근황도 이야기할 겸, 내가 작년 여름과 가을에 걸쳐서 읽은 라이너 마리아 릴케의 편지(영역판 두 권) 이야기를 먼저 해보겠습니다. 읽으면서 좋은 대목—어떤 대목은 그냥 좋다기보다는 감탄이 나오는 대목을 몇 군데 같이 읽으면서 시와 시인에 관해 짧은 성찰을 해볼까 해서지요.

아시다시피 릴케는 아마도 당대에 편지를 제일 많이 쓴 사람이 아닐까 합니다. 그의 편지 쓰기는 당시의 통신 사정뿐 아니라 그가 드물게 내적인 인간이었다는 것, 평생 집 없이 유럽 여러 나라를 떠돌며 고독하게 살았다는 것, (물론 후원자들의 환대로 그들의 성城이나 저택 또는 호텔 등에 머물렀습니다만) 그의 시인으로서의 천성과 외적 생활세계의 조건이 작용하였으리라 짐작되는 바, 인간과 그의 삶에 다가가고자 하는 사랑의 친화력, 비슷한 얘기지만 대상을 향해 열려 있는 자상하고 민감한 친밀감 같은 것들이 그로 하여금 그렇게 많은 편지를 쓰게 하지 않았을까 짐작해봅니다. 그리고 그러한 천성은 물론 그가 큰 시인이 되게 한 바탕이겠지요. (나는 그의 편지 쓰기가 그의 정신건강에 많이 기여했으리라는 짐작을 합니다. 편지 테라피라고나 할까요.)

그의 편지에서 우리는 놀라운 통찰들을 많이 발견합니다만, 여기서는 그중 몇 가지만 같이 읽어보겠습니다. 나 혼자 읽기에는 너무 아까우니까요. 우선 1904년에 쓴 편지에 이런 말이 있습니다.

> 실은 자기의 최상의 말 앞에서는 스스로를 걸어 잠그고 고독 속으로 들어가야 해요. 말은 신선해져야 하니까요. 그게 세계의 비밀입니다.

29세의 젊은 시인의 말이라고 하기에는 너무도 놀랍지 않습니까. 말의 비밀, 시의 비밀을 벌써 다 알고 있습니다. 물론 알아듣기 쉽진 않지요. 그리고 그 뜻을 풀어본다고 해도 물론 다 해명이 되는 말도 아닙니다. 그러나 내 나름대로 한번 더듬어보기로 하지요.

자기의 최상의 말 앞에서 스스로를 걸어 잠그고 고독 속으로 들어가야 한다는 말은 아주 많은 것을 생각하게 합니다. 우선 그 '자기의 최상의 말'은 아직 발설되지 않은 말입니다. 무슨 말이 생각났는데 스스로 생각하기에 그게 최상의 말인 것 같아서 미리 흥분한다거나 스스로 도취되어 과대망상으로 정신이 혼몽해진다든지 하여 그걸 발설하는 데 마음이 급해지는 바람에 입 밖에 내면 '진짜 최상의 말'이 되는 기회를 스스로 조기에 박탈하는 셈이다, 그러니 어떤 말이 자기의 최상의 말이라고 생각될 때는 즉시 스스로를 걸어 잠그고 고독 속으로 들어가야 한다…… 왜냐하면 말은 신선해져야 하니까. 그런데 말이 신선해지기 위해서 고독 속으로 들어가야 한다고 할 때 '말은 신선해져야 하니까'라는 말은 또 무슨 의미일까요.

세상에서 우리가 쓰고 있는 말은, 그것이 애용되고 만인이 앵무새처럼 따라하는 말일수록 더욱 그렇겠지만, 그 의미가 퇴색하고 무력해져서 아무것도 의미하지 않을 뿐만 아니라 거짓과 혼란을 확산시키는 노릇을 하기 십상입니다. 예컨대 과일은 나무에서 따는 순간 썩기 시작하고 물고기는 잡아 올리는 순간 상하기 시작하듯이 말도 발설이 되는 순간 낡아가기 시작합니다. 그러니까 아직 발음되지 않은 말이 제일 신선합니다. 이 당연한 사실을 우리는 흔히 간과하여 서둘러 말하고자 하고 많이 말하고자 합니다. 이것은 물론 권력욕과 명예욕에 관련되어 있습니다만, 서둘러 하는 말과 지나치게 큰 목소리로 하는 말, 정신없는 다변은 흔히 오류와 어리석은 제한을 확산시키게 되겠지요. 싫증과 혐오감을 강화시킵니다.

모든 생명체와 사물도 새로 만들어진 게 신선하듯이 말 또한 새로 태어난 게 신선하겠지요. 그리고 앞에서도 잠깐 비쳤지만, 새로 태어난 말보다 더 신선한 건 아직 태어나지 않은 말일 것입니다. 아직 발굴되지 않은 말, 미래의 말. 그러니까 내 말이 신선하려면 고독이라는 오크통과 침묵이라는 효모가 필요합니다. 아예 그 속으로 들어가 자기를 걸어 잠그라고 릴케는 말합니다. 아무나 되는 일이 아니고 필경 거의 불가능하다 싶을 만큼 어려운 일입니다. 그러나 좋은 시인이 되려면 최소한 그런 마음의 실낱같은 움직임이라도 감지할 수 있어야 하겠지요.

우리가 다 아는 개구즉착開口即錯을 화두로 삼아도 되지 않을까 싶습니다. 위에서 한 이야기와 관련하여서 말이지요.

그리고 마지막에 '그게 세계의 비밀입니다'라고 말할 때 그 세계는 인류의 세계, 정신의 세계, 문학의 세계를 아우르는 것이라고 보고 싶고 '비밀'이라는 말은 생성의 비밀, 상승의 비밀을 포함하고 있지 않을까 합니다.

여담입니다만 나는 '다 알고 있으면서 아무 말도 하지 않고 죽은 사람을 기리는 노래'를 하나 쓰고 싶다는 생각을 해본 적이 있습니다. 언젠가 쓰게 되겠지요.

위에서 생각해본 시인의 말은 좋은 시를 쓰기 위한 중요한 조건, 시가 보석이 될 때까지 기다리는 발효의 조건이라고 할 수 있겠는데요, 그런 과정을 거쳐서 나온 작품은 물론 결국 고전이 될 것입니다. 그와 같은 모태에서 나온 작품은 세월이 지나도 그 빛이 바래지 않을 것이라는 얘기지요.

시인의 편지에는 또 이런 말도 있습니다.

> 사랑하는 당신, 너무 빨리 느끼지 않는 사람; 그 느낌이 잘 익었을 때에만 느끼는 사람.

앞에서 한 얘기가 말이 잘 익었을 때에만 발설하는 데 대한 것이라면 이번에는 느낌이 잘 익었을 때에만 느끼는 일에 관한 이야기인데, 물론 서로 다른 이야기가 아니라는 건 잘 아실 것입니다. 이 말을 읽는 순간 나는 감탄 속에 마음이 고요해지면서 그냥 가만히 앉아 있었습니다.

군소리가 필요 없습니다. 그걸 그냥 읽으면 됩니다.

이 자리는 시와 시인에 관해 이야기하는 자리이니 주어를 넣어서 다시 읽어보자면 시인은 너무 빨리 느끼지 않는 사람—그 느낌이 잘 익었을 때에만 느끼는 사람이어야 합니다.

다시 편지를 읽어봅니다.

> 예술이 세상에서 하나를 선택하는 게 아니라 그것(세상)의 영예로운
> 것으로의 전적인 변용이라고 생각해보지요. 예술이 수물(예외 없이, 모
> 든 사물)에 던지는 경이는 아주 격렬하고, 아주 강하며, 너무나 빛나는
> 것이어서 대상이 스스로의 추함이나 타락한 상태를 생각할 시간이
> 없습니다.

이 대목엔 무슨 말을 덧붙일 필요가 없겠으나, 다만 되새겨보자면
예술이 세상을 변화시킬 때 그것은 영예로운 것으로의 전적인 변용
이라는 것, 그리고 예술이 사물에 던지는 경이가 어느 정도인가 하면
그것들이 스스로의 추함이나 타락한 상태를 생각할 시간이 없을 정
도라는 것입니다!

그런데 물론 사랑할 줄 아는 영혼이라야 그런 일을 할 수 있겠지
요. 모든 기적은 사랑의 소산이니까요. 이 나이에 이르러 내가 느끼
는 것은 시 쓰기도 위와 같은 맥락에서 말하자면 사랑의 실천이다,
라는 것입니다.

다시 말해서 위의 편지는 예술적 사랑, 시적 사랑에 대한 변별적
인 규정이라고 할 수 있는데, 시 쓰기도 그런 활동의 하나라는 말씀
이지요.

릴케의 편지 몇 대목을 같이 읽어보았습니다만, 사실 그는 '오래된
불로 반짝이고 있는' 별입니다. 꺼지지 않지요. 그에게 바쳐진 칭송은

많겠지만, 20세기 러시아의 주요 시인 중 하나인 마리나 츠베타예바의 말 몇 마디로 충분하리라 생각됩니다. 릴케, 파스테르나크, 츠베타예바가 서로 주고받은 영역판 서간집에 있습니다. "당신은 미래 시인들의 불가능한 과제입니다. 당신 뒤에 오는 시인은 당신이어야 하니까요, 즉 당신은 새로 태어나야 합니다"라면서 "당신 이후에 아직도 시인에게 할 일이 남아 있습니까"라고까지 말합니다. 파스테르나크는 그의 자서전을 릴케에게 바쳤구요.

백무산

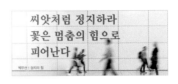

씨앗처럼 정지하라
꽃은 멈춤의 힘으로
피어난다
백무산 : 정지의 힘

"달리기만 하면 타야 할 사람은 탈 수 없고
내려야 할 사람도 내릴 수도 없습니다."

백무산 시인은 1984년 무크지 《민중시》를 통해 작품활동을 시작한 이래 인간 존재의 근원과 노동의 가치를 성찰해 왔다. 2020년 여름, 광화문글판으로 선정된 그의 시 〈정지의 힘〉은 왜 달려가는지조차 모르고 달릴 것이 아니라, 정지해서 숨을 돌릴 때 달리는 이유를 알 수 있다고 말한다. 계속 달려야만 무언가가 이루어지고 있다고 생각하는 우리에게 "씨앗처럼 정지하라"고 말하는 <정지의 힘>이 지금 우리에게 필요한 까닭이 여기에 있다.

Q. 코로나19 사태로 사회적 거리두기를 실천하면서 '정지'라는 단어가 새삼 현실적으로 느껴졌습니다. 시인 백무산은 정지의 시간, 멈춤의 시간을 어떻게 실천하나요?

'정지'라는 단어는 같지만 시 속의 '정지'는 움직이지 않거나 활동을 줄인다는 의미로 쓴 것은 아닙니다. 시의 첫 구절에 '기차를 세우는 힘, 그 힘으로 기차는 달린다'라고 했는데, 달리는 이유는 목적지에 닿아 뭔가를 수행하기 위해서입니다. 달리기만 하면 타야 할 사람은 탈 수 없고 내려야 할 사람도 내릴 수도 없습니다. 목적이 전도돼 있는 우리 사회의 모습입니다. 그 속도로 달릴 수 있는 소수만이 그 기차를 탈 수 있지만 이상하게도 모든 사람들은 타지도 않은 그 기차에서 내릴 수도 없습니다. 그 기차를 탄 것이 아니라 끌려가고 있는 것입니다. 멈춤의 시간을 실천하는 것은 기차를 세우는 일이지만 개인의 의지로 세울 수도 없습니다. 거대한 것에서 사소한 것을, 유용한 것에서 쓸모없는 것을, 고귀한 것에서 하찮은 것을, 새것에서 낡은 것을, 나에게 멈춤은 제도와 체제에서 이탈하고 탈주하는 것입니다. 그것은 위험하고 자학적인 것이 될 수도 있습니다. 적어도 그러한 현실을 직시하고 회피하지 않을 뿐입니다.

'정지'의 또 다른 의미는 '제로베이스'입니다. 언제나 근본에서 시작하는 것입니다. 지식과 어떤 축적 위에서가 아니라, 자연과 몸과 대지와 감각과 무지에서 시작하는 것을 의미합니다. 미련하기 짝이 없는 일이지요.

Q. 유독 많은 일들로 마음이 지친 사람들이 많은 요즘입니다. 시인의 작품 중 올해를 지나고 있는 사람들에게 다가갈 수 있는 것이 있다면 소개해주세요.

광화문글판이 지향하는 보편적 정서에 미치지는 못하지만 모든 사람들이 조금씩 경험하는 감정과 밝고 거대한 힘에 가려져 있는 희미하고 사소한 것에 주목해야하는 이유를 말하고 싶습니다.

늦가을 찬바람 안고 돌아서는 그를 불렀다
그리고 나는 아무것도 묻지 않았다
모든 걸 잃은 사람에겐
사람의 체온이 종교다

오래 전에 쓴 시 〈삶의 거처〉의 일부입니다.
그리고 아직 완성되지 못한 시의 부분으로도 대신하고 싶습니다.

길을 지시하는 것은
태양이 아니라 별이듯이
바다를 결정하는 것은
3프로 소금이듯이

Q. 올 봄에 펴낸 시집 《이렇게 한심한 시절의 아침에》 이후 어떻
게 지내고 있나요?

근황이라고 따로 말할 것도 없는 삶입니다. 우리 사회에는 정치적
으로나 문화적으로 다양하게 구분되는 삶이 존재하는 것 같지만 실
상은 제도권과 비 제도권으로 구분될 뿐인 것 같습니다. 비 제도권의
삶에는 안간힘을 쓰지 않으면 아무 일도 일어나지 않습니다. 그런데
안간힘을 쓰다보면 삶이 지저분해집니다. 시 쓰기에 대해서도 마찬가
지입니다. 뭔가 절실할 때만 시를 찾게 되는데, 그 절실함이 남들에게
는 어둡고 거칠고 때로는 자학적으로 보이기도 하죠.

Q. 대기업 공장 노동자 출신으로 작품을 통해 줄곧 노동자들의 삶과 의식을 대변해 왔습니다. 노동자에서 시인이 된 계기는 무엇인가요?

답답한 심정을 토로한 것에서 시작된 것입니다. 내가 처한 조건 때문이지요. 시를 쓰게 된 동기는 유명한 문학작품에서 영향을 받았다기보다 개인적 표현 충동에서 시작된 것입니다. 그래서 반드시 시가 되어야 할 이유도 없었으니까 표현에 구애를 받지 않았습니다. 형식이든 내용이든 시의 일반적인 흐름으로부터 자유로웠다고 할 수도 있습니다. 그러다보니 시를 공부하거나 습작을 하기도 전에 시를 쓸 수 있었습니다. 현장에서는 못질부터 곧장 시작하면서 목수가 되고 그렇게 집이 지어지죠.

Q. 시를 쓰는 데 가장 많이 자극을 주는 것 혹은 가장 많은 영향을 받는 것은 무엇인가요?

어떤 결핍이 최초의 동기가 아닌가 하는 생각입니다. 개인적이든 사회적 결핍이든 우리를 움직이게 하는 동기 가운데 결코 채울 수 없는 결핍과 마주할 때 시를 떠올리는 것 같습니다. 그래서 언제나 저 너머에 시선이 가 있게 되고 텅 빈 현실과 마주하게 되죠. 그 결핍이 다른 것으로 채울 수 있거나 견딜 만하다면 시가 없어도 되겠죠. 그러면서도 시는 현실적 정서를 반영하고 인간의 보편적 경험을 담아내기에 모든 타인의 작품에서 영향을 받게 됩니다.

Q. 시인의 작품 중 〈풀의 바다〉를 읽으며 누군가와 나 사이에 놓였던 풀에 관해 생각했습니다. '풀'은 시인에게 무엇을 상징하나요?

인간은 본질적으로 자연에 포함된 존재이지만 도시 공간에서 인간은 인간과의 관계만으로 살아가게 됩니다. 그런데 자연 조건에서는 매우 복합적인 관계망 속에서 존재합니다. 말하자면 사람과 사람 사이에 무수한 '그들'이 항상 존재해 왔습니다. 그들을 제거하고 너와 나만의 관계는 사실 매우 위태로운 관계입니다. 그러한 관계 속에서는 자신만을 투영하게 되기 때문이지요. 풀은 너와 나 사이에 존재하는 다른 존재와의 관계성입니다. 나는 내 안에만 존재하는 것이 아니라는 생각입니다. 나라는 존재는 내 안에 조금밖에 없으며 잠정적으로만 자신입니다. 나는 나 이외의 것에서 새롭게 발견되는 존재입니다. 인간을 넘어선 관계에 풀의 바다가 있다는 생각입니다.

Q. 시인의 작품을 관통하는 키워드로서 '노동자'를 빼놓을 수는 없습니다. 삶의 치열함 속에서 왜 달려가는지조차 모르고 달리는 노동자들에게 한마디 부탁드립니다.

우리는 스스로 달려가고 있는 것인가 끌려가고 있는 것인가를 돌아봐야 합니다. 우리가 기차를 탄 적도 없는데 그 기차에서 내릴 수 없는 지경에 와 있는 것은 현실이 아니라 악몽입니다. 저도 달리는 것을 거부하지 않습니다. '정지'는 바로 반대 방향으로 달리는 것이기도 합니다.

장석주

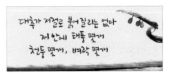

대추가 저절로 붉어질 리는 없다
저 안에 태풍 몇개
천둥 몇개, 벼락 몇개

"어떤 삶도 평탄하기만 한 경우는 없습니다.
생의 변곡점이 되는 시련과 수난을 만나지요."

스무 살에 시인으로 등단한 이후 15년간 출판 편집발행인으로 살아온 장석주 시인은 많이 읽고 많이 씀으로써 스스로의 존재를 증명해낸다. 그가 전방위 글쓰기의 선봉에 서서 다양한 장르에 걸친 작품으로 우리를 놀래고 감동시키는 한 우리는 그를 늘 새롭게 볼 것이다. 다만 2009년 가을 광화문글판을 수놓은 <대추 한 알>의 커다란 울림은 변함없는 마음으로 우리를 위로해주고 있다.

Q. 2020년, 어떻게 보내고 계신가요?

코로나19의 대유행으로 활동에 많은 제약을 받고 있지요. 강연이 줄줄이 취소되고, 여행도 하지 못한 채 주로 집에 머물며 책을 읽거나 글을 쓰며 지내지요. 수시로 마음에 덮치는 불행과 우울감을 이겨내려고 아내와 산책에 나서거나 마스크를 쓴 채 헤이리의 '카메라타'에 가서 음악을 듣지요. 그게 즐거움과 활력을 얻는 활동이지요. 최근 파주 헤이리 예술마을에 새 집필실을 얻어 이사를 했어요. 안성의 시골집 서가에 있던 책들을 새로 분류해 꽂으면서 많은 시간을 보냅니다.

Q. <대추 한 알>에서 당연한 듯 보이는 자연현상에 질문을 던지는 순간, 대추는 태풍, 천둥, 벼락을 견뎌낸 존재가 됩니다. 시인에게 있어 태풍, 천둥, 벼락은 무엇인가요?

생의 시련들이지요. 어떤 삶도 평탄하기만 한 경우는 없습니다. 생의 변곡점이 되는 시련과 수난을 만나지요. 한 사람이 드러내는 내면과 인격의 위대함은 그런 시련이나 수난 앞에서 어떤 태도를 보이느냐에 따라 달라지겠지요. 태풍, 천둥, 벼락은 우리가 살면서 만나는 시련과 수난을 압축하는 상징들이라 생각해요.

Q. 사업에 실패한 가장이 버스 뒷좌석에 앉아서 <대추 한 알> 글판을 보고 위로받아 마음을 다잡고 재기할 용기를 냈다는 사연도 있었습니다. 이 작품의 탄생 과정이 궁금합니다.

시골에 내려가 살게 되었을 때 가장 먼저 한 일이 나무시장에 나가 유실수들을 사다가 집 주변과 텃밭에 심은 일이었지요. 대추나무도 몇 주 심었는데, 몇 해 지나자 봄에 대추꽃이 피고 가을에 제법 실한 열매가 맺은 걸 보았어요. 그간 태풍, 번개, 폭우, 무서리 따위를 다 견디고 붉고 둥글게 영근 열매를 바라보며, 대추나무가 대견하고 경이롭다고 느꼈지요. 내가 태어나서 기침을 하는 우연이 지배하는 세상에는 그 어떤 일도 그냥 일어나는 경우는 없구나! 그날 아주 빠르게 제 몸을 스쳐간 그 날카로운 통찰을 간명한 시에 담아냈습니다. 8행의 시가 이토록 유명해질 거라고는 꿈에도 생각하지 못했어요.

Q. 시인의 창작에 가장 많은 자극을 주는 것 혹은 가장 많은 영향을 받는 것은 무엇인가요?

이 물음이 시적 영감을 주는 대상이 어떤 것이냐 하는 것이라면 딱히 그런 건 없다고 대답하겠어요. 어떤 대상이 시의 창작 욕구를 자극하는 경우는 흔치 않으니까요. 내 경우는 시가 올 '때'를 기다려요. 계절로 치자면 겨울에 시를 많이 쓰게 돼요. 침잠과 메마름이 시의 필요조건이라고 생각해요. 그러니까 시는 불행에 대한 보상이라고나 할까요?

Q. 시인의 작품 중 다른 계절의 글판에 어울리는 것이 있을까요?

〈겨울나무〉라는 시가 있어요. 블로그나 인터넷 카페 등에 많이 돌아다니는 시 중의 하나이죠. 그만큼 사람들의 사랑을 받고 있다는 증거이겠죠. 이 시의 어느 구절이 광화문의 겨울 글판에 어울릴지도 모르겠네요.

잠시 들렀다 가는 길입니다
외롭고 지친 발걸음 멈추고 바라보는
빈 벌판
빨리 지는 겨울 저녁 해거름
속에

말없이 서 있는
흠 없는 혼 하나

당분간 폐업합니다 이 들끓는 영혼을
잎사귀를 떼어 버릴 때
마음도 떼어 버리고
문패도 내렸습니다

그림자
하나
길게 *끄*을고
깡마른 체구로 서 있습니다

Q. 평소 시를 추천하고, 소개하는 활동도 많이 하시잖아요. 주로 어떤 시들을 추천하시는지 궁금합니다.

물론 좋은 시를 소개하지요. 그런데 좋은 시라고 판단할 수 있는 범주는 넓은 거 같아요. 철학자 자크 데리다Jacques Derrida는 글쓰기를 "어떤 것의 존재를 지우면서도 그것을 읽기 쉽게 유지하는 몸짓의 이름"이라고 했어요. 시 쓰는 것도 낡은 존재를 지우고 그 위에 새로운 존재를 세우려는 몸짓이라는 뜻이겠지요. 나날의 현존과 시적 현존은 섞이고 스밉니다. 그렇게 상호 삼투하는 나날의 현존과 시적 현존은 닮았으면서도 다르지요. 시적 현존을 세우는 데 상상력이라는 화학작용이 불가피하게 개입하는 까닭이니까요. 보편적으로 좋은 시에는 익숙함 속에서 익숙하지 않음을, 하찮은 것에서 하찮지 않음을 찾아내는 눈이 비범하고, 현존의 혼돈을 뚫고 그 눈길이 가닿은 지점에 어김없이 생의 기미들과 예감들이 우글거려요. 감각적 명증화, 낯선 시적 발상, 대상의 새로운 발견, 그리고 누구와도 닮지 않은 독창적인 자기 목소리를 낸다면 그건 좋은 시지요.

Q. '익숙함 속에서 익숙하지 않음을, 하찮은 것에서 하찮지 않음을 찾아내는 것.' '그래서 누구와도 닮지 않은 목소리를 내는 것.' 이것이 좋은 시라고 하셨습니다. 그렇다면 독자들은 시를 어떻게 대해야 좋은 시가 독자들에게 닿을까요?

시를 사랑하면 됩니다. 사랑은 그 대상을 내 옆에 올 수 있도록 '자리'를 내어주는 일이지요. 다른 말로 하면 그걸 '환대'라고도 하지요. 피해야 할 것은 시를 '분석'하는 거예요. 그건 시에게 '자리'를 내주거나 '환대'를 하는 게 아니에요. 시는 자기를 사랑하는 걸 기막히게 잘 알거든요. 시는 절대로 자기를 사랑하지 않는 사람에겐 가까이 가지 않아요.

천
양
희

꽃 진 자리에 잎 피었다
너에게 쓰고
잎 진 자리에 새가 앉았다
너에게 쓴다

"나무는 늙어서도 해마다 꽃을 피워요.
나는 나무를 고목을 보듯 바라보지 않고 나무가 피워내는
새순을 보는 심정으로 희망을 쓰고 싶었어요."

대학생 시절 《현대문학》에 시를 발표하며 작품 활동을 시작한 천양희 시인은 고독과 고통의 여정을 일상의 언어로 풀어낸다. 그러나 여기서 끝나지 않는다. 시인은 고독과 고통에서 삶과 시에 대한 깨달음을 얻고 그 열망을 구체화시켜왔다. 2020년 봄, 광화문글판을 장식한 시인의 <너에게 쓴다>도 시를 향한 굳은 의지가 긍정적인 삶의 에너지로 승화했음을 보여준다. 지난 것에 대한 아쉬움보다 앞으로 다가올 희망을 노래한 이 시는 우리에게 삶이란 '그저 사는 것'이 아니라 '살아 있는 것'임을 깨닫게 한다.

Q. 스스로 생각하는 '시인 천양희'는 어떤 사람인가요?

겉은 가시를 잔뜩 세우고 무장해 있지만 속은 여린 물로 가득 찬 선인장을 보거나, 육봉을 평생의 업처럼 진 채 멀고 먼 모래사막을 혼자서 터벅터벅 걸어가는 낙타를 떠올릴 때마다 그들의 모습에 시

인인 나의 모습이 겹쳐 떠오르곤 해요. 그처럼 나의 생애 앞에 펼쳐지는 첫 풍랑을 모든 시의 첫 진로로 받아들이는 사람이 바로 나에요. 그래선지 누가 가끔 "밑도 끝도 없는 그 짓을 왜 해요?"라고 하면 "그게 내 운명인가 보죠" 하고 대답해 버려요.

나는 시 쓰기가 내 운명이라고 생각해요. 그리고 내가 그 운명을 받아들여 시인이 된 것이 참으로 다행스럽고요. 겉은 비록 사람살이를 닮았어도 마음은 빛나게 살고 싶거든요. 그런데 시인으로 산다는 것은 새장을 덜컥, 열어젖히는 것 같아 겁이 나는 삶이기도 하죠. 겁나기 때문에 더 긴장하면서, 시의 끈을 놓지 않으려고 안간힘을 쓰면서 자신과 끝없이 싸우고 있는 사람이 시인 천양희에요.

Q. 시 쓰기가 운명인 사람, 그리고 그 운명을 받아들여 시인이 된 사람. 문득 시인이 되어야겠다고 생각한 첫 순간이 궁금합니다.

새로운 것에 놀라고 처음 보는 것에 오래 호기심을 감추지 못하던 어린 시절, 경이롭게 여겼던 사물에 대한 첫 물음이 내 문학의 첫 시작이었어요. 나는 시골에서 자랐어요. 어느 날 메뚜기를 잡으려고 논둑길을 헤매다가 저 멀리 기차가 지나가는 걸 봤어요. 그때 문득 도대체 저 긴 기차는 누가 끌고 가며 저 기차가 가는 곳은 어디일까, 하는 생각이 들었어요. 호기심으로 가득 찬 그 질문이 내 창작의 첫 시작이기도 했던 것 같네요. 처음으로 내가 무엇이 되고 싶다는 생각을 하게 했으니까요.

그러다 초등학교 4학년 때 교내 글짓기 대회에서 내가 쓴 동시가 뽑혔어요. 담임 선생님이 내 시를 보고는 "너는 앞으로 시인이 될 거야"라며 칭찬을 해주셨죠. 그땐 시인이 어떤 사람인지 몰랐지만 선생님 말씀이니까 훌륭한 사람일 거라는 생각에 이다음에 꼭 시인이 되겠다는 꿈을 꿨어요. 선생님의 칭찬을 듣고 시인의 꿈을 꾼 지 15년 만에 정말 시인이 되었어요. 1965년 대학교 3학년 때의 일이죠.

Q. 광화문글판에 선정된 〈너에게 쓴다〉의 전문을 보면 '꽃'이라는 단어가 눈에 띕니다. 이 시에서 꽃은 무엇을 상징하나요?

〈너에게 쓴다〉에서 꽃은 시詩이면서 생명이며 희망의 상징이에요. 생성과 소멸의 은유이기도 하고 그리움의 또 다른 이름이기도 하죠.

Q. 그렇다면 작품을 벗어나 시인에게 '꽃'의 의미는 무엇인가요?

나의 시 〈흑포〉에 '상처가 곧 꽃이니'라는 구절이 있어요. 나에게 꽃이란 죽은 듯한 겨울나무에서 꽃이 피듯 상처를 극복하면 꽃이 된다는 어떤 생의 기미를 품고 있는 존재라고 할 수 있어요.

Q. 〈너에게 쓴다〉를 쓰면서 가장 많이 느낀 것, 머릿속에 떠오른 생각이 있다면 알려주세요.

나무는 늙어서도 해마다 꽃을 피워요. 나는 나무를 고목을 보듯 바라보지 않고 나무가 피워내는 새순을 보는 심정으로 희망을 쓰고 싶었어요. 마음 기댈 곳 없는 현실의 틈바구니에서 그래도 마음 들일 수 있는 공간을 마련해 준다는 점에서 시는 존재할 만한 가치가 있다고 생각하거든요. 그 마음을 담아서 〈너에게 쓴다〉를 썼어요.

Q. 시를 읽고 나면 '쓴다'라는 단어가 이렇게 묵직했었나 하는 생각이 들 정도로 그 행위가 가져다주는 여운이 길게 남았습니다. 〈너에게 쓴다〉라는 제목은 어떻게 탄생했나요?

내가 운명의 고비에 처했을 때 그때마다 이겨낼 수 있도록 도와준 것은 시를 쓰는 일이었어요. 시를 쓰는 동안만큼은 나는 내가 아닐 수 있었고 나를 잊을 수 있었어요.

이미 존재하고 있는 나를 잊는다는 것은 아직 발견하지 않은 어떤 세계에 대한 두려움을 잊는 것과 같거든요. 이토록 나를 치유해 주고 살려주는 시에게 내 간절함을 전하기 위해 마치 연인에게 편지를 쓰듯 〈너에게 쓴다〉라는 제목을 붙였어요.

Q. 요즘 근황은 어떠한가요?

올해는 코로나로 고통 받는 사람들을 생각하면 하루도 마음 편할 날이 없었어요. 참으로 수상한 시절이 우리를 지나가고 있네요. 인간들이 잘못한 것이 너무 많아 벌을 받는 것은 아닐까, 하는 생각에 자꾸 자신을 돌아보게 되고 반성하면서 하루를 보내고 있죠. 어려운 때일수록 자신을 잃어버리면 삶이 망가질 것 같아 정신줄을 바짝 조이고, 어서 빨리 코로나 이전의 날들이 오기를 기원하기도 하고요. 그렇게 하루하루를 한 걸음 한 걸음으로 생각하면서 시집을 준비 중이에요.

Q. 요즘 같은 상황에 '마음을 위로해 주는 시'가 있다면 알려주세요.

〈생각이 달라졌다〉라는 시예요.

웃음과 울음이 같은 音이란 걸 어둠과 빛이
다른 色이 아니란 걸 알고난 뒤
내 音色이 달라졌다
빛이란 이따금 어둠을 지불해야 쓸 수 있다는 생각
웃음의 절정이 울음이란 걸 어둠의 맨 끝이
빛이란 걸 알고난 뒤
내 독창이 달라졌다
웃음이란 이따금 울음을 지불해야 터질 수 있다는 생각
어둠 속에서도 빛나는 별처럼
나는 골똘해졌네
어둠이 얼마나 첩첩인지 빛이 얼마나
겹겹인지 웃음이 얼마나 겹겹인지 울음이
얼마나 첩첩인지 모든 그림자인지
나는 그림자를 좋아한 탓에
이 세상도 덩달아 좋아졌다

이준관

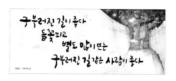

"구부러진 길처럼 소중하고
아름다운 것들을 품고 가는 세상이
내가 꿈꾸는 세상입니다."

1971년 등단한 이후 꾸준히 작품 활동을 해온 이준관 시인은 일상의
감사함과 삶의 감동을 이야기한다. 그의 작품은 시에만 국한되지 않
는다. 동시를 통해 아이들의 일상과 생활을 따뜻한 눈으로 그려낸다.
2016년 여름. 광화문글판에 실린 그의 시 〈구부러진 길〉은 앞만 보고
달려가는 사람들에게 천천히 걸어가며 꽃과 사람을 만나며 함께 가는
길을 보여준다.

Q. 시인 이준관의 일상은 어떻게 흘러가고 있나요?

소박하고 평범하게 살고 있어요. 오전에는 책 읽고 오후에는 손녀
딸과 놀이터에서 지내고 있어요. 놀이터에서 아이들이 노는 것을 지
켜보면서 동심과 시심에 잠겨 있을 때가 가장 행복한 시간이지요. 그
리고 시간을 내어 서점을 자주 갑니다. 젊은 시절 새 책을 살 여유가
없어서 헌책방을 순례했었는데 지금도 그 습성이 남아서인지 자주

중고서점을 돌아다녀요. 사람의 손때가 묻어 있는 오래된 책 냄새를 맡으면 왠지 기분이 좋아요. 책을 읽은 사람과 손을 맞잡은 기분이랄까, 그런 게 있어요. 골목길을 걸어 다니는 것도 주요 일과입니다. 조그만 집들과 빌라가 다닥다닥 붙어 있는 골목길을 걸어 다니며 사람들의 삶의 체취를 맡는 게 좋아서지요. 평범한 사람들의 삶에 시가 있다고 생각해요. 골목길을 걷다보면 나도 모르게 자연스럽게 시상이 떠오르지요. 그래서 내 시는 길에서 주운 시들이 많습니다, 시뿐만 아니라 내 동시도 그렇습니다.

Q. '길에서 주운 시'라는 말이 우리가 하루에도 몇 번씩 걸으면서 놓친 것들을 시인이 고스란히 주워서 돌려준 것 같아 크게 와닿습니다. 골목길 외에 시상을 가져다주는 것들이 있을까요?

　아름다운 자연과 평범한 사람들의 삶과 아이들의 동심입니다. 등단할 무렵의 내 시는 어둡고 우울한 분위기였어요. 그런 내가 농부 시인 로버트 프로스트의 시를 만나며 크게 변했죠. 뉴잉글랜드의 자연과 인간이 따스하게 융합한 시를 읽고 감명을 받아 나도 이 땅의 맑고 아름다운 자연의 소중한 가치와 청정한 아름다움을 시로 섬세하게 표현하는 일에 몰두했습니다. 그러다가 아름다움은 자연에만 있는 것이 아니라 평범한 사람들의 일상에도 있다는 것을 깨닫게 되었습니다. 그때부터 소박하게 살아가는 사람들의 삶과 그들의 아픔을 위로해주는 시를 썼습니다.

　그리고 나는 아이들을 무척이나 좋아합니다. 아이들도 나를 무척 따르고요. 나는 초등학교 교사가 되어 아이들을 만나면서 동시를 쓰기 시작했어요. 아이들을 만난 것을 내 인생에서 가장 큰 행운이라고 생각합니다. 내 소망은 죽을 때까지 동심을 잃지 않고 '영원한 소년'으로 지내는 거예요. 아이들과 어울리다 보면 내 마음이 정화되는 느낌이지요.

Q. 2016년 여름 글판이었던 〈구부러진 길〉은 편리함과 빠름을 쫓는 직선의 시대에 소중하고 아름다운 것들을 오롯이 느낄 수 있도록 해주는 작품입니다. 시인이 구부러진 길에서 만난 소중하고 아름다운 것들에 관해 듣고 싶습니다.

지금은 편리함과 빠름만 추구하는 직선의 시대입니다. 남보다 더 빨라야 한다는 강박감에 쫓겨 모두들 행복하지 않은 것 같아요. 내 어린 시절엔 마을 고샅길도 그렇고 들길도 그렇고 구불구불 구부러진 길이 많았어요. 구부러진 길들이 어머니 품처럼 마을을 품어주고 있었지요. 길뿐 아닙니다. 하천도 물고기들을 품에 품고 구불구불 흘러갔지요. 그 구부러진 길에서 자연의 아름다움과 노동의 소중함과 모성의 따스한 사랑을 만났습니다. 그리고 구부러진 길처럼 굴곡진 삶에서도 희망을 잃지 않고 가족과 이웃들을 품으며 더불어 살아가는 평범한 사람들도 알게 되었지요. 구부러진 길은 생명의 길이고 상생의 길입니다. 이 시에서 중요한 것은 '품다'입니다. 직선의 길은 품는 길이 아니에요. 남은 몰라라 하고 저 혼자 씽씽 달리는 길이에요. 지금 우리 사회는 모두들 직선의 길로 달리고 있어요. 그래서 안타깝습니다. 흙투성이 감자처럼 울퉁불퉁 살아온 사람들이 나는 정말 좋습니다. 굴곡진 삶을 한 고비 두 고비 어렵게 넘어 살아온 사람들은 정직하고 진실된 사람들이기 때문이지요.

Q. 〈구부러진 길〉은 어떻게 쓰게 되었나요?

〈구부러진 길〉은 탄생한 시입니다. 오랜 시간 다듬고 기교를 부려
만들어져 나온 시가 아니라 자연스럽게 태어난 시이지요. 좋은 시는
만들어지는 것이 아니라 태어나는 시라고 봐요. 어떤 순간에 탄생하
기까지 내재적으로 발효하고 숙성한 기간이 있었습니다. 〈구부러진
길〉에는 내 굴곡진 삶과 인생관과 가치관이 고스란히 녹아 있습니
다. 나는 가난한 청소년 시절에 시를 만났고, 삶이 고되고 힘들지만
정직하고 성실하게 살아가는 가난한 사람들을 만났습니다. 그들이
희망을 잃지 않고 가족에 헌신하고 이웃들과 나누면서 살아가는 모
습을 보면서 크게 감명을 받았습니다. 그래서인지 굴곡진 삶을 살아
오면서도 꿋꿋이 살아온 사람들에 대한 애정이 깊지요. 나는 길을 걷
는 것을 무척 좋아합니다. 취미라면 이상하지만 걷는 것이 내 취미지
요. 들길을 걸으면서 들꽃을 만나고 더러는 하굣길의 아이들도 만나
고 밭에서 일하는 사람들을 만나는 일은 즐거운 일입니다. 버스를 타
고 가다가 호젓한 길이나 하천이 보이면 내려서 무조건 걷곤 했어요.
저 한 구비 꺾어들면 어떤 마을이 있을까, 어떤 사람들을 만날까 궁
금해져서 자꾸 걷다보면 어느새 해가 저물어 저녁별이 떠오르면 그
렇게 행복할 수가 없었어요. 마을에 하나둘 저녁불이 켜지는 모습도
보기 좋았고요. 이런 행복한 체험이 〈구부러진 길〉의 배경이 된 것
같아요. 구부러진 길처럼 소중하고 아름다운 것들을 품고 가는 세상
이 내가 꿈꾸는 세상입니다.

Q. 선생님의 시를 잘 감상하려면 어떻게 읽어야 할까요?

내 시는 어렵고 까다롭지 않아요. 평범한 사람 누구나 읽고 공감할 수 있는 시들이지요. 그러나 평이하다고 해서 마냥 단순하고 평명하진 않아요. 내 시는 '평범 속의 비범함'이라고 말할 수 있겠네요. 구부러진 길처럼 읽기에 편안하면서도 다음에는 어떤 구절이 나올까 궁금해지는 그런 시예요. 그래서 구부러진 길을 걷듯 편안하게 읽으면 됩니다. 그러면서 자연과 인정과 동심의 아름다움을 느끼면 돼요. 나는 내 시를 통해 독자들의 마음이 맑고 깨끗하게 정화되었으면 하는 마음으로 시를 썼어요. 빌딩 창문에 매달려 유리창을 닦는 사람처럼 내가 할 일은 세상의 혼탁한 창문을 닦아 세상의 아름다움을 찾는 일이라고 생각해요. 내 시는 명징한 언어와 산뜻한 감각과 신선한 비유로 되어 있어서 평이하게 읽히면서도 시 고유의 즐거움도 느낄 수 있어요. 시를 쓸 때 로버트 프로스트가 말한 "시는 즐거움에서 시작하여 지혜로 끝나야 한다"라는 말을 새기고 있어요. 내 시는 편안하고 즐겁게 읽으면서 자연과 삶의 아름다움을 느끼고 나아가 살아가는 희망과 지혜를 얻으면 됩니다.

정호승

> 먼 데서 바람 불어와
> 풍경 소리 들리면
> 보고 싶은 내 마음이
> 찾아간 줄 알아라

"울지 마라, 괜찮다, 호승아, 나를 봐라.
손은 빈손으로,
눈은 영원을 향해 그렇게 살아라."

1973년 등단한 정호승 시인은 화려한 색을 뽐내지 않지만 어떠한 색보다 진하고 정직한 글을 써왔다. 그래서일까. 그의 시를 한 글자씩 찬찬히 꼭꼭 씹으며 읽고 있노라면 금세 마음이 건강해지는 것 같다. 2014년 광화문글판 여름편이었던 〈풍경 달다〉는 그곳을 지나는 사람들에게 글을 읽는 것이 아니라 마치 어디선가 바람을 타고 온 풍경 소리를 듣는 것처럼 잊고 지냈던 소중한 것을 되찾은 기분이 들게 했다. 〈풍경 달다〉에 관한 시인의 인터뷰는 이 작품이 탄생하게 된 과정을 들려주는 산문으로 대신한다.

운주사에서 쓴 '풍경 달다'

어느 날, 한 비구니 스님께서 새로 마련한 암자에 내가 직접 풍경을 달아드리게 되었다. 스님께서 내가 풍경을 달아드리면 전남 화순

44

에 있는 운주사 구경을 시켜주시겠다고 하셨기 때문이다. 행여 손이라도 다칠까봐 조심조심 못질을 해서 풍경을 달고 나자 산등성이를 타고 불어오는 바람에 풍경이 울리기 시작했다. 우리의 의성어로 표현할 수 없을 정도로 맑고 깨끗한 풍경소리가 내 속에 고요히 스며들었다가 그대로 내 가슴이 되는 것 같았다.

"자, 이제 운주사로 떠나야지요."

내가 풍경소리에 넋을 빼앗기고 있자 오히려 스님께서 서둘러 길을 재촉했다.

운주사에 도착하자마자 와불님이 계신 산기슭 쪽으로 걸음을 옮겼다. 와불님은 천천히 10여분 정도 산을 오르자 산중턱 바위 위에 누워 있었다. 그저 평범한 석불이 턱을 괴고 깊은 명상에 잠긴 채 옆으로 길게 누워 있는 줄 알았으나 그게 아니었다. 와불님은 머리를 산 아래 쪽으로 둔 채 집채 만한 바위 전체에다 하늘을 보고 똑바로 누운 형상으로 돋을새겨져 있었다. 그것도 한 분이 아니라 두 분이었다.

나란히 누워 계신 와불님이 마치 '부부불大婦佛'처럼 느껴졌다. 바위의 절반 이상을 차지한 보다 큰 와불님이 남편 부처님이고, 나머지 부분을 차지한 보다 작은 와불님이 아내 부처님으로 생각되었다. 아내 와불님은 두 손을 가슴께에 모으고 남편 와불님의 어깨에 살짝 기대있었다. 천년 동안이나 비가 오면 비가 맞지 않도록, 눈이 오면 눈이 맞지 않도록 서로 감싸주셨을 것이라는 생각에 사랑의 진정성, 그 한없는 깊이와 넓이가 느껴졌다. 누구를 진정 사랑해야 한다면 이 부부 와불님처럼 변함없는 사랑을 해야 한다는 생각에 와불님 곁을 쉽게 떠날 수가 없었다. 와불님을 둘러싸고 있는 솔숲에서 간간이 불어오는 푸른 솔바람을 들이켜기조차 송구스러웠다.

와불님은 몸피가 너무 커서 발치 쪽에서는 그 모습을 제대로 볼 수가 없는데, 머리 쪽에서 아래를 내려다보면 얼굴과 전신이 다 보였다. 와불님은 무엇보다도 단아한 눈매가 감동적이었다. 마치 불효한 나를 나무라지 않고 그저 인자하게 웃으시기만 하는 내 노모의 눈매 같아서 더 다정해보였다.

와불님 계시는 아래쪽에 처마바위가 있는데 그 바위 밑에 앉아 계신 석불 또한 감동적이었다. 온갖 고통에 의해 마모될 대로 마모된 얼굴을 한 그 석불은 두 손을 무릎 아래로 손바닥이 보이게끔 펴고 앉아 있었으며 눈은 영원을 바라보고 있었다. 모든 것을 버리고 또 버린 초탈한 인간의 모습이 있다면 바로 그 모습이었다.

나도 모르게 울음이 울컥 치솟아 올랐다. 부서질 대로 부서진 고통의 한 절정에서 고요와 평온을 유지하고 있는 석불의 모습에서 앞으로 지향해야 할 나 자신의 모습이 발견되었다. 오랫동안 그 석불 앞에 울고 서 있자 그날 석불께서는 고요하고 낮은 목소리로 나를 안아주시면서 이렇게 말씀을 하셨다.

"울지 마라, 괜찮다, 호승아, 나를 봐라. 손은 빈손으로, 눈은 영원을 향해 그렇게 살아라."

그날 다시 암자로 돌아와 밤을 보냈다. 잠결에 빗소리가 들려 일어나 창을 열자 비가 내렸다. 신록이 한창인 때에 내리는 봄비치고는 빗줄기가 제법 차갑고 굵었다.

문득 와불 부부님 생각이 났다. 이 빗속에 얼마나 차가우실까. 아마 오늘밤도 남편 와불님이 손을 들어 아내 와불님의 얼굴에 내리는 빗방울을 가려주시거나 아니면 돌아누워 아내 와불님을 품에 꼭 껴안고 빗물을 막아주실 것이라는 생각이 들었다.

더 이상 잠은 오지 않았다. 비는 그치지 않고 계속 내렸다. 가물거리는 촛불 앞에 앉아 창밖의 빗소리에 귀를 기울이며 생각해보았다.

'나는 오늘 무엇을 했는가. 암자의 처마 끝에 풍경을 달았지. 나는 오늘 어디 가서 누구를 만나고 왔는가. 운주사에 가서 와불님을 뵙고 돌아왔지. 그럼 나는 무엇을 하는 사람인가. 시를 쓰는 사람이지. 그러면 오늘밤에 비는 오고 잠은 오지 않는데 시를 써라!'

나는 그런 생각을 하며 종이와 볼펜을 꺼내들었다. 시 〈풍경 달다〉는 그렇게 해서 쓰여진 시다.

운주사 와불님을 뵙고
돌아오는 길에
그대 가슴의 처마 끝에
풍경을 달고 돌아왔다
먼 데서 바람 불어와
풍경 소리 들이면
보고 싶은 내 마음이
찾아간 줄 알아라

허형만

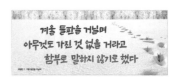

"우리 인간도 살아가면서
고통스럽고 어려운 상황이 닥칠 텐데
희망이 있다는 것을 보여주고 싶었어요."

1973년 등단한 이래 지금껏 시 쓰기를 멈추지 않은 허형만 시인은 치장하지 않고, 왜곡하지 않은 삶의 모습을 그려왔다. 그래서 그의 시는 순수하고, 다른 사람들이 쉬이 지나치는 것들에서 진면목의 가치를 발견해낸다. 2017년 겨울 광화문글판에 걸린 그의 시 〈겨울 들판을 거닐며〉가 당시 냉랭한 일상을 힘겹게 견디던 사람들에게 그 시간을 이겨낼 든든한 용기를 준 것은 어찌 보면 너무도 당연한 일이었다.

Q. 어떻게 지내시나요?
요즘은 코로나19 때문에 행사도 많이 없어서 집에서 그동안 못 읽었던 책을 읽고 작품을 쓰고 있어요. 그리고 매일 아파트 뒷산에서 한 시간 정도 산책하며 묵상을 해요. 묵상 속에서 작품 구상하고 기도도 하면서 살고 있어요.

Q. 주로 어떤 책을 읽으시나요?

시집도 읽지만 저는 가톨릭 신자라서 신앙서를 많이 읽고 있어요. 그리고 외국 이론서도 많이 읽고 있죠.

Q. 2017년에 〈겨울 들판을 거닐며〉가 광화문글판에 걸렸어요. 직접 보신 적이 있나요?

그럼요, 언론에서도 다뤄서 격려도 많이 받았어요. 처음에는 혼자 보러 갔고 다음에는 가족들과 같이 갔어요. 그때가 추운 겨울이었는데 그 글판을 본 사람들이 따뜻한 마음을 느꼈다고 해서 기분이 좋으면서도 좋은 작품을 써야겠다는 책임감도 느꼈어요. 교보생명에 고맙게 생각합니다.

Q. 시 전문을 읽고 나니 '겨울 들판'이라는 말에서 '봄의 씨앗을 품은 땅'이라는 말이 피어오르는 기분이 들었어요.

이 작품은 어려운 게 하나도 없어요. 저는 농촌 출신이에요. 그래서 직접 겨울 들판을 거닐곤 했어요. 멀리서 눈 덮인 들판을 바라보면 아무것도 없는 것처럼 보여요. 황량하죠. 사람들은 그 안에는 아무것도 없을 거라고, 봄이 되어야 밭갈이 논갈이를 해서 씨를 뿌린다고 생각하죠. 저는 보이는 게 전부는 아닐 거라 생각해서 직접 안으로 들어가 봤어요. 눈이 덮인 논두렁 밭두렁은 꽤 질퍽거려요. 신발에 흙이 잔뜩 묻어서 잘 떨어지지도 않죠. 걷는 것도 굉장히 힘들어요. 그래도 포기하지 않고 안으로 들어갔어요. 그리고 거기서 놀라운 것을 발견했어요. 새로운 풀들이, 푸릇푸릇한 생명들이 오종종 모여서 서로 이야기하고 있더라고요. 그 추운 겨울에. 그날은 마침 날이 좋아서 햇살이 내려 비추는데 마치 한 편의 영화를 보는 것 같았어요. 그렇게 나온 시가 바로 광화문글판에 실린 〈겨울 들판을 거닐며〉에요.

보통 사람들은 겨울에는 아무것도 키울 수 없을 거야, 아무것도 피울 수 없을 거야라고 생각하죠. 저는 사실은 그게 아니다, 이 안에 생명이 있다, 그리고 따뜻한 햇볕이 내리쬐고 있다고 말하고 싶었어요. 우리 인간도 살아가면서 고통스럽고 어려운 상황이 닥칠 텐데 희망이 있다는 것을 보여주고 싶었어요.

겨울 들판을 보면서 아무것도 없다며 지나치는 사람이 있고, 저 안에 무언가가 있을 수도 있겠다고 생각만 하는 사람이 있고, 직접 무거운 삶의 무게를 짊어지고 질퍽질퍽한 땅에 발을 내디디는 사람이 있어요. 삶의 무게를 이기고 걸어가서 새로운 생명이 피어난다는 희망과 꿈을 발견하는 것, 그런 아름다움을 전해주는 게 시인이라고 생각해요.

Q. 〈겨울 들판을 거닐며〉에서 강조하고 싶은 것이 있나요?

저는 누구나 두 마리의 개를 키우고 있다고 생각해요. 한 마리는 선입견, 또 한 마리는 편견이에요. 이게 제일 무서운 거예요. 겪어보지도 않고 결정해 버리는 것, 그런 것을 깨뜨리고 싶어서 쓴 게 이 작품이에요. 그래서 이 작품의 핵심은 '함부로'라는 단어에요.

며칠 전 지인이 한 고등학생이 글쓰기 수행평가에 〈겨울 들판을 거닐며〉를 읽은 감상을 써냈다며 글을 보내왔어요. 그 학생이 중학생이었을 때 모든 것이 귀찮고 힘들어서 세상을 포기하고 싶은 마음이 들었는데 이 시를 읽고 희망을 품게 됐다는 내용이었어요. 그러면서 말미에 이제는 '함부로' 그런 나쁜 생각을 가지지 않기로 했다고 하더군요. 그 친구에게 너무 고마웠어요. '함부로'라는 단어에 담은 제 마음을 누구보다 잘 알아준 것 같았죠. 그때 시인으로 살면서 이 작품 한 편을 쓴 것이 저에게는 큰 축복이라고 느꼈어요.

Q. 시인은 다른 사람들이 춥다고 생각하는 계절도 그 안에서 생명이 자라고 있다는 따뜻한 눈으로 겨울 들판을 이야기하고 있어요. 다른 작품에서도 마찬가지고요. 시인 허형만은 세상을 어떻게 바라보나요?

저는 늘 긍정적으로 생각하고 감사히 여기려고 노력해요. 광화문 글판에 제 작품이 올라갔을 때도 그렇고 오늘 인터뷰도 너무 감사해요. 그리고 작품을 쓸 수 있다는 것만도 감사해요. 세상과 사물을 바라볼 때도 비판적이고 부정적으로 바라보지 않으려 해요. 그러면 그런 작품이 써지고 마니까요. 저는 제 작품이 제가 쓴 거라고 생각하지 않아요. 나를 둘러싼 모든 것이 도와서 쓴다고 생각해요. 이게 제가 반성과 감사의 나날을 보내는 이유예요. 사람들은 내가 행복해야 다른 사람들도 행복하다고 생각해요. 맞는 말이에요. 그런데 다른 사람이 행복해야 내가 행복하다고 생각하며 살면 더 큰 기쁨을 느낄 수 있어요.

51

Q. 2020년은 코로나19에서 긴 장마와 태풍으로 이어지는 나날들이었어요. 문득 시인의 〈비 잠시 그친 뒤〉라는 시가 많이 떠올랐습니다. 이 시는 어떻게 쓰게 되었나요?

이 제목은 문지의 편집자가 지어줬어요. 어느 날 비가 갑자기 쏟아지다가 갑자기 햇빛이 났어요. 완전히 갠 건 아니고 잠시 그쳤는데 그때 붉은 잠자리 떼가 날아다니는 걸 봤어요. 잠깐 비가 그친 사이에 잠자리들이 자기 세상인 것처럼 열심히 날아다니는 걸 보고 마치 우리 삶과 같다는 생각이 들었어요. 삶이 힘들고 어려울 때 주저앉지 말자. 비가 좀 온다고 우울하고 슬퍼할 게 아니라 매일 비가 오는 건 아니고 날이 개는 때가 온다는 걸 알았죠. 비가 그치자 잠자리 떼가 바로 날아다니고 주변 나무가 푸릇푸릇해지는 걸 보고 생명에 관해 이야기하고 싶어서 이 시를 썼어요.

Q. 시인이 가장 좋아하는 작품을 소개해주세요.

저는 시로부터 멀리 떨어져있다고 느낄 때 박경리 선생의 눈먼 말을 떠올려요.

글기둥 하나 잡고
내 반평생
연자매 돌리는 눈먼 말이었네

아무도 무엇으로도
고삐를 풀어주지 않았고

풀 수도 없었네

영광이라고도 했고
사명이라고도 했지만
진정 내겐 그런 것 없었고

스치고 부딪치고
아프기만 했지
그래,
글기둥 하나 붙잡고
여까지 왔네

여기에는 작가로서의 사명감이 들어 있어요. 시골에서 연자매를 돌릴 때 말이나 소가 그걸 끌어요. 돌이 너무 커서 사람이 돌릴 수가 없거든요. 그때 뛰쳐나가지 못하도록 눈을 가려요. 안 보이면 묵묵히 연자매를 끌죠. 글쓰기도 그래요. 눈먼 말처럼 평생 글이라는 것을 연자매 손잡이처럼 붙잡고 써야 해요. 저는 박경리 선생이 평생을 눈먼 말처럼 작품을 써왔기 때문에 대작을 냈다고 생각해요. 저처럼 글 쓰는 사람에겐 무엇보다 귀감이 되는 작품이에요.

김
사
인

"오히려 더 큰 위안이 되는 건
묵묵히 옆에서 한숨을 같이 쉬며
그냥 곁에 같이 있어주는 거예요. "

김사인 시인은 1981년 시를 발표하기 시작한 이래 섬세한 시선으로 오늘을 사는 사람들을 위로하고, 작고 가녀린 것들에 무한한 애정을 보낸다. 그래서 그의 시는 슬프면서도 아름답고 나직하면서도 깊은 울림을 전한다. 2016년 가을 광화문글판에 새겨진 <조용한 일> 역시 외로움과 무력함으로 아플 때 슬며시 나타나 우리 곁에 있어주었다.

Q. 어떻게 지내고 계신가요?

공식적으로 시를 내놓은 게 마지막 시집 《어린 당나귀 곁에서》니까 시간이 많이 지났네요. 다른 분들의 시를 소개하는 일은 했지만 제 이름으로 시를 발표한 건 5년이 넘었어요. 안 하기도 하고, 못 하기도 하고 있어요. 저는 다작하는 편도 아니고 새 시집을 내고 나면 다시 힘을 모으는 시간이 필요해요. 그런데 2018년 봄부터 한국문학번역원 원장으로 일하게 되면서 시 쓰는 사람 노릇보다 공공근로자

역할이 우선이 되었네요. 번역원은 한국문학의 세계화를 추진하고 지원하는 공공기관입니다. 이곳에 몸담는 동안은 개인적인 활동을 미뤄두는 것이 맞다고 생각하고, 그러다 보니 제법 시간이 흘렀네요.

Q. 2016년 광화문글판 〈조용한 일〉은 무심코 지나쳤던 평범한 풍경이 때로는 위안이 되듯 일상 속의 소소한 것들을 소중히 여기고 감사하게 되는 작품 같습니다. 철 이른 낙엽처럼 시인에게 위안을 주는 존재가 있을까요?

살다 보면 누구나 억울하고 힘든 고비를 몇 번씩은 치르게 됩니다. 그럴 때 누군가가 함께 안타까워하고 애써주는 게 힘이 되지요. 대부분 사회적, 제도적 차원의 해결을 요하는 상황들인데, 그런데 보통 사람들은 그런 힘이 없지요. 하소연할 곳조차 없이 막막합니다. 이때 오히려 더 큰 위안이 되는 건 묵묵히 한숨을 같이 쉬며 그냥 곁에 같이 있어주는 거예요. 예를 들어 우산이 없어 비를 맞고 있는 사람이 있을 때 그 사람에게 씌워줄 우산을 찾으러 동분서주하는 것도 요긴한 일이지만, 누군가 같이 비를 맞으며 서 있어주는 일. 뭐라 설명하기 어렵고 아무 의미도 없다고 할 수 없지만 그런 일에 깊은 위안을 받지 않을까 생각합니다.

〈조용한 일〉이라는 시에 담고자 했던 것은 이런 느낌 비스한 것이었어요. 큰 목소리의 대의명분은 그것대로 중요한 일이고 누군가에 의해서 주장되고 추진되어서 세상이 나아져야겠지요. 그렇지만 훨씬 더 많은 평범한 개개인의 삶 속에서는 눈에 띄지 않는 공감과 연민의 몸짓 같은 것이 근본적으로 사람을 살리고 세상을 견딜 수 있게 해주는 힘이 아닐까요.

Q. 시인의 작품을 읽다 보면 애정을 표현하는 방법이 마치 시집 제목인 《가만히 좋아하는》처럼 느껴집니다. 가만히 좋아한다는 것은 무엇인지, 그리고 그런 존재가 있는지 궁금합니다.

'가만히 좋아하는'이라는 제목을 가진 시는 시집 속에 없어요. 우리가 누군가, 무엇인가를 정말 좋아하면 그 말을 잘 못해요. 좋아한다는 말에는 그 마음이 잘 실리지 않으니까요. 그 존재의 먼발치에서 내가 있다는 것만으로도 벅차지요. 좋아하는 대상에겐 자주, 마구, 많이 치댈 수 없어요. 너무 귀하고 아까워서. 정말 좋아하면 사람에게든 물건에게든 함부로 하지 못해요. 그저 쩔쩔매게 돼요. 그런데도 그냥 벅차게 좋은 거지요. 가만히 좋아한다는 말의 느낌은 제게 그 비슷한 것들입니다.

제가 '가만히 좋아하는 것'들은 길모퉁이 아무도 안 보는 시멘트 틈 사이로 피어올라온 어린 풀잎들, 또 어째서 여기까지 왔는지 모를 작은 돌멩이들, 그리고 공원 같은 데 아무 표정 없이 묵묵히 앉아 있는 노인에게 깃들어 있는 긴 생애, 도시의 삶 속에서 쉽지 않지만 문득 찾아오는 고요 같은 시간들이에요. 그 속에서 묵묵함, 가만히 있음이 참 귀해요. 이런 것들은 아무것도 아닌 듯하지만 우리를 살게 해주는 보이지 않는 힘들이라고 생각해요. 그런 것들 속에는 지복至福이라고 할 만한 무언가가 있어요.

Q. 올 초 《슬픔 없는 나라로 너희는 가서》라는 시 앤솔러지를 출간하셨습니다. 마음이 슬프고 힘들 때 추천해줄 만한 시가 있을까요?

김영랑 시인의 〈동백잎에 빛나는 마음〉을 추천하고 싶어요.

내 마음의 어딘 듯 한편에
끝없는 강물이 흐르네
돋쳐 오르는 아침 날빛이
빤질한 은결을 도도네
가슴엔 듯 눈엔 듯 또 핏줄엔 듯
마음이 도른도른 숨어 있는 곳
내 마음의 어딘 듯 한편에
끝없는 강물이 흐르네

김영랑은 단순히 서정시인을 넘어 굉장히 깊은 시인이에요. 이 시를 읽으면 내 마음속 어딘가 보이지 않는 곳에 끝없는 강물이 흐르고 있다는 것을 믿게 돼요. 그 마음속 강물을 잘 지니고 돌보는 사람은 어디서든 빛이 나겠지요.

그리고 우리가 어릴 때 배운 동요를 천천히 불러보는 것도 마음이 고달플 때 약이 된다고 생각돼요. 〈시냇물〉, 〈고향땅〉 같은 옛 동요들에는 오늘 우리가 놓치고 있는 순결함이 깃들어 있어요. 그것들이 김영랑의 시처럼 마음속의 끝없는 강물, 그리고 잊어버리고 외면해온 것들을 일깨워주지 않나 생각해요.

Q. 언젠가 "좋은 시 좋은 표현은 반드시 우리 몸 어딘가를 건드려 사람을 찡하게 만든다"라고 말했습니다. 시인의 시가 어떤 독자에게 가닿아서 독자들을 찡하게 만들면 좋을까요?

제 시의 호적상 부모는 나로 되어 있지만, 시간이 가면서 그 아이들이 친구를 사귀고 애인도 만나며 새로운 관계를 맺죠. 〈조용한 일〉도 비슷한 경우라고 생각해요. 누군가가 좋아하게 되면 그 시는 이제 시를 쓴 나보다 그 독자들에게 더 속하는 것 아닐까요. 물론 낳아준 나를 조금은 닮아 있겠습니다만. 아무튼 바라건대 제 시가 마음이 팍팍하고 삶에 지친 사람들에게 좀 더 공감과 위안거리가 된다면 좋겠습니다.

2부

우리가 사랑한 글판들
_ 광화문에서 보다

봄, 차오르다

꽃 진 자리에 잎 피었다
너에게 쓰고

잎 진 자리에 새가 앉았다
너에게 쓴다

• 2020년 봄

꽃이 피었다고 너에게 쓰고
꽃이 졌다고 너에게 쓴다.
너에게 쓴 마음이
벌써 길이 되었다.
길 위에서 신발 하나 먼저 다 닳았다.

꽃 진 자리에 잎 피었다 너에게 쓰고
잎 진 자리에 새가 앉았다 너에게 쓴다.
너에게 쓴 마음이
벌써 내 일생이 되었다.
마침내는 내 생生 풍화되었다.

천양희 〈너에게 쓴다〉 | 《그리움은 돌아갈 자리가 없다》, 작가정신, 1998

봄이 부서질까봐
조심조심 속삭였다
아무도 모르게 작은 소리로

• 2016년 봄

영하 20도를 오르내리는 날 아침
하두 추워서 갑자기 큰 소리로
하느님 정말 이러시깁니까 외쳤더니
순식간에 꽁꽁 얼어붙은 공기 조각들이
부서져 큰 소리로 울었다
밤엔 눈이 내리고 강 얼음이 깨지고
버들개지들이 보오얗게 움터 올랐다

나는 다시
왜 이렇게 봄이 빨리 오지라고
이번에는 지난번 일들이
조금 마음이 쓰여서 외치고 싶었으나
봄이 부서질까봐
조심조심 숨을 죽이고
마루를 건너 유리문을 열고 속삭였다
아무도 모르게 작은 소리로
봄이 왔구나
봄이 왔구나라고

최하림 〈봄〉 | 《겨울 깊은 물소리》, 열음사, 1987

65

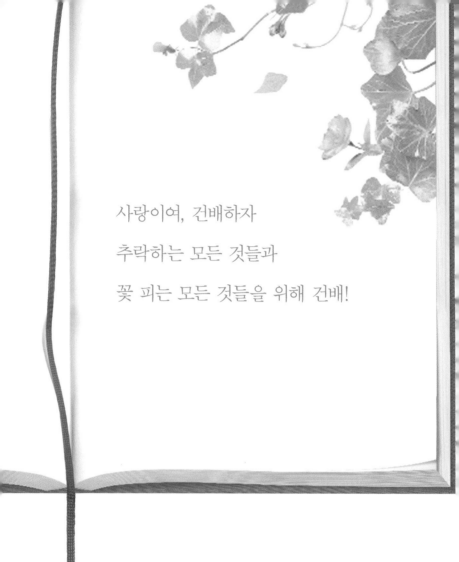

사랑이여, 건배하자

추락하는 모든 것들과

꽃 피는 모든 것들을 위해 건배!

• 2008년 봄

하루가 지나면 우린 만날 것이다.

그러나 하루 동안 사물들은 자라고,
거리에선 포도가 팔리며, 토마토 껍질이 변한다.
또 네가 좋아하던 소녀는 다시는 사무실로 돌아오지 않았다.

사람들이 갑자기 우체부를 바꿔버렸다.
이제 편지는 예전의 그 편지가 아니다.

몇 개의 황금빛 잎사귀, 다른 나무다.
이 나무는 이제 넉넉한 나무다.

옛 껍질을 그대로 지니고 있는 대지가
그토록 변한다고 누가 우리에게 말해주랴?
대지는 어제보다 더 많은 화산을 가졌고,
하늘은 새로운 구름들을 가지고 있다.
또 강물은 어제와 다르게 흐른다.

또, 얼마나 많은 것들이 세워지는가!
나는 도로와 건물들,
배나 바이올린처럼
맑고 긴 교량의 낙성식에 수없이 참석했다.

그러므로 내가 너에게 인사를 하고
화사한 네 입에 입 맞출 때
우리의 입맞춤은 또 다른 입맞춤이요
우리의 입은 또다른 입이다.

사랑이여, 건배하자. 추락하는 모든 것과
꽃피는 모든 것들을 위해 건배.

어제를 위해 그리고 오늘을 위해 건배.
그제를 위해 그리고 내일을 위해 건배.

빵과 돌을 위해 건배.
불꽃과 비를 위해 건배.

변하고, 태어나고, 성장하고
소멸되었다가 다시 입맞춤이 되는 것들을 위해.
우리가 숨쉬고 있다는 것과
이 땅에 살고 있음에 대해 건배.

우리의 삶이 사위어가면
그땐 우리에게 뿌리만 남고
바람은 증오처럼 차겠지.
그땐 우리 껍데기를,
손톱을, 피를, 눈길을 바꾸자꾸나.
네가 내게 입맞추면 난 밖으로 나가
거리에서 빛을 팔리라.

밤과 낮을 위해
그리고 영원의 사계절을 위해 건배.

파블로 네루다 Pablo Neruda 〈하루에 얼마나 많은 일들이 일어나는가〉
《인어와 술꾼들의 우화》, 김현균 옮김, 솔, 1995

흔들리지 않고 피는 꽃이 어디 있으랴
그 어떤 아름다운 꽃들도
다 흔들리면서 피었나니

• 2004년 봄

흔들리지 않고 피는 꽃이 어디 있으랴
이 세상 그 어떤 아름다운 꽃들도
다 흔들리면서 피었나니
흔들리면서 줄기를 곧게 세웠나니
흔들리지 않고 가는 사랑이 어디 있으랴

젖지 않고 피는 꽃이 어디 있으랴
이 세상 그 어떤 빛나는 꽃들도
다 젖으며 젖으며 피었나니
바람과 비에 젖으며 꽃잎 따뜻하게 피웠나니
젖지 않고 가는 삶이 어디 있으랴

도종환 〈흔들리며 피는 꽃〉 | 《사람의 마을에 꽃이 진다》, 문학동네, 1995

환하다 봄비
너 지상의 맑고 깨끗한
빗자루 하나

• 2014년 봄

세상의 묵은 때들 적시며 씻겨주려고
초롱초롱 환하다 봄비
너 지상의 맑고 깨끗한 빗자루 하나

박남준 〈깨끗한 빗자루〉 | 《적막》, 창비, 2005

자세히 보아야 예쁘다
오래 보아야 사랑스럽다
너도 그렇다

• 2012년 봄

자세히 보아야 예쁘다
오래 보아야 사랑스럽다
너도 그렇다

나태주 〈풀꽃〉 | 《쪼끔은 보랏빛으로 물들 때》, 시학, 2005

봄에 밭을 갈지 않으면
가을에 거둘 것이 없다

• 1998년 봄

일생의 계획은 어린 시절에 달려 있고,
일년의 계획은 봄에 달려 있고,
하루의 계획은 새벽에 달려 있다.
어려서 배우지 않으면 늙어서 아는 것이 없고,
봄에 밭을 갈지 않으면 가을에 바랄 것이 없으며,
아침에 일찍 일어나서 서두르지 않으면
그날 할 일을 하지 못한다.

공자 | 《춘추》에서 발췌, 인용한 글

그래 살아봐야지
너도 나도 공이 되어
쓰러지는 법이 없는 둥근 공처럼

• 2019년 봄

그래 살아봐야지
너도 나도 공이 되어
떨어져도 튀는 공이 되어

살아봐야지
쓰러지는 법이 없는 둥근
공처럼, 탄력의 나라의
왕자처럼

가볍게 떠올라야지
곧 움직일 준비 되어 있는 꼴
둥근 공이 되어

옳지 최선의 꼴
지금의 네 모습처럼
떨어져도 튀어오르는 공
쓰러지는 법이 없는 공이 되어.

정현종 〈떨어져도 튀는 공처럼〉 | 《사람들 사이에 섬이 있다》, 미래사, 1991

별안간 꽃이 사고 싶다
꽃을 안 사면
무엇을 산단 말인가

• 2011년 봄

우이동 삼각산 도선사 입구 귀퉁이
뻘건 플라스틱 동이에 몇다발 꽃을 놓고 파는 데가 있다
산 오르려고 배낭에 도시락까지 싸오긴 했지만
오늘은 산도 싫다
예닐곱 시간씩 잘도 걷는 나지만
종점에서 예까지 삼십분을 걸어왔지만
오늘 운동은 됐다 그만두자
산이라고 언제나 산인 것도 아니지
젠장 오늘은 산도 싫구나
산이 날 좋아하는 것도 아니니
도선사 한바퀴 돌고 그냥 내려가자
그런 심보로 도선사 한바퀴 돌고 내려왔는데
꽃 파는 데를 막 지나쳤는데
바닥에 지질러앉아 있던 꽃 파는 아줌마도 어디 갔는데
꽃, 꽃이, 꽃이로구나
꽃이란 이름은 얼마나 꽃에 맞는 이름인가
꽃이란 이름 아니면 어떻게 꽃을 부를 수 있었겠는가
별안간 꽃이 사고 싶다
꽃을 안 사면 무엇을 산단 말인가
별안간 꽃이 사고 싶은 것, 그것이 꽃 아니겠는가

몸 돌려 꽃 파는 데로 다시 가
아줌마 아줌마 하며 꽃을 불렀다
흰 소국 노란 소국 자주 소국
흰 소국을 샀다
별 뜻은 없다
흰 소국이 지저분히 널린 집 안을 당겨줄 것 같았달까
집 안은 무슨, 지저분히 널린
엉터리 자기자신이나 좀 당기고 싶었겠지
당기긴 무슨, 맘이 맘이 아닌
이즈음의 자신이나 좀 위로코 싶었겠지. 자가 위로
잘났네, 자가 위로, 개살구에 뼉다귀
그리고 위로란 남이 해주는 게 아니냐, 어쨌든
흰색은 모든 색을 살려주는 색이라니까 살아보자고
색을 산 건 아니니까 색 갖고 힘쓰진 말자
그런데, 이 꽃 파는 데는 절 들어갈 때 사갖고 들어가
부처님 앞에 올리라고 꽃 팔고 있는 데 아닌가
부처님 앞엔 얼씬도 안 하고 내려와서
맘 같지도 않은 맘에게 안기려고 꽃을 다 산다고라
웃을 일, 하긴 부처님은 항상 빙그레 웃고 계시더라
부처님, 다 보이시죠, 꽃 사는 이 미물의 속

그렇지만 다른 것도 아니고 꽃이잖아요
부처님도 예뻐서 늘 무릎 앞에 놓고 계시는 그 꽃이요
헤헤, 오늘은 나한테 그 꽃을 내어주었다 생각하세요
맘이 맘이 아닌 중생을 한 번 쓰다듬어주었다 생각하세요
부처님, 나 주신 꽃 들고 내려갑니다
젠장, 이런 식으로 꽃을 사다니, 덜 떨어진 꼭지여
비리구나 측은쿠나 비리구나 멀구나

이진명 〈젠장, 이런 식으로 꽃을 사나〉 | 《세워진 사람》, 창비, 2008년

봄이 속삭인다
꽃 피라
희망하라
사랑하라
삶을
두려워하지 말라

• 2007년 봄

어느 소년 소녀들이나 알고 있다.
봄이 말하는 것을.
살아라, 자라나라, 피어나라, 희망하라, 사랑하라.
기뻐하라, 새싹을 움트게 하라.
몸을 던져 두려워하지 마라!

늙은이들은 모두 봄이 소곤거리는 것을 알아듣는다.
늙은이여, 땅 속에 묻혀라.
씩씩한 아이들에게 자리를 내어 주라.
몸을 내던지고, 죽음을 두려워하지 마라!

헤르만 헤세Hermann Hesse 〈봄의 말〉 | 《그대를 사랑하기에》, 정경석 옮김, 민음사, 1995

아이들의 팽팽한 마음
튀어오르는 몸 그 샘솟는 힘은
어디서 오는 것이냐

• 2018년 봄

누가 그것을 모르랴
시간이 흐르면
꽃은 시들고
나뭇잎은 떨어지고
짐승처럼 늙어서
우리도 언젠가 죽는다
땅으로 돌아가고
하늘로 사라진다
그래도 살아갈수록 변함없는
세상은 오래된 물음으로
우리의 졸음을 깨우는구나
보아라
새롭고 놀랍고 아름답지 않느냐
쓰레기터의 라일락이 해마다
골목길 가득히 뿜어내는
깊은 향기
볼품없는 밤송이 선인장이

깨어진 화분 한 귀퉁이에서
오랜 밤을 뒤척이다가 피워낸
밝은 꽃 한 송이
연못 속 시커먼 진흙에서 솟아오른
연꽃의 환한 모습
그리고
인간의 어두운 자궁에서 태어난
아기의 고운 미소는 우리를
더욱 당황하게 만들지 않느냐
맨발로 땅을 디딜까봐
우리는 아기들에게 억지로
신발을 신기고
손에 흙이 묻으면
더럽다고 털어준다
도대체
땅에 뿌리 박지 않고
흙도 몸에 묻히지 않고

뛰놀며 자라는
아이들의 팽팽한 마음
튀어오르는 몸
그 샘솟는 힘은
어디서 오는 것이냐

김광규 〈오래된 물음〉 | 《희미한 옛사랑의 그림자》, 민음사, 1998

해마다 봄이 되면

어린 시절 그 분의 말씀

항상 봄처럼 부지런해라

• 2006년 봄

해마다 봄이 되면
어린 시절 그분의 말씀
항상 봄처럼 부지런해라
땅 속에서, 땅 위에서
공중에서
생명을 만드는 쉼 없는 작업
지금 내가 어린 벗에게 다시 하는 말이
항상 봄처럼 부지런해라

해마다 봄이 되면
어린 시절 그분의 말씀
항상 봄처럼 꿈을 지녀라
보이는 곳에서
보이지 않는 곳에서
생명을 생명답게 키우는 꿈
봄은 피어나는 가슴
지금 내가 어린 벗에게 다시 하는 말이
항상 봄처럼 꿈을 지녀라

오, 해마다 봄이 되면
어린 시절 그분의 말씀
항상 봄처럼 새로워라
나뭇가지에서, 물 위에서, 둑에서
솟는 대지의 눈
지금 내가 어린 벗에게 다시 하는 말이
항상 봄처럼 새로워라.

조병화 〈해마다 봄이 되면〉 | 《조병화 시선-나는 내 어둠을》, 민음사, 1975

내가 반 웃고　당신이 반 웃고
아기 낳으면
마을을 환히 적시리라

내가 반 웃고
당신이 반 웃고
아기 낳으면
돌멩이 같은 아기 낳으면
그 돌멩이 꽃처럼 피어
깊고 아득히 골짜기로 올라가리라
아무도 그곳까지 이르진 못하리라
가끔 시냇물에 붉은 꽃이 섞여내려
마을을 환히 적시리라
사람들, 한잠도 자지 못하리

장석남 〈그리운 시냇가〉 | 《새떼들에게로의 망명》, 문학과지성사, 1991

가장 낮은 곳에
그래도라는 섬이 있다
그래도 사랑의 불을 꺼뜨리지 않는 사람들

• 2013 봄

가장 낮은 곳에
젖은 낙엽보다 더 낮은 곳에
그래도라는 섬이 있다
그래도 살아가는 사람들
그래도 사랑의 불을 꺼트리지 않는 사람들

세상에서 가장 아름다운 섬, 그래도,
어떤 일이 있더라고
목숨을 끊지 말고 살아야 한다고
천사 같은 김종삼, 박재삼,
그런 착한 마음을 버려선 못쓴다고

부도가 나서 길거리로 쫓겨나고
인기 여배우가 골방에서 목을 매고

뇌출혈로 쓰러져
말 한마디 못해도 가족을 만나면 반가운 마음,
중환자실 환자 옆에서도
힘을 내어 웃으며 살아가는 가족들의 마음속

그런 사람들이 모여 사는 섬, 그래도
그런 마음들이 모여 사는 섬, 그래도
그 가장 아름다운 것 속에
더 아름다운 피 묻은 이름,
그 가장 서러운 것 속에 더 타오르는 찬란한 꿈

누구나 다 그런 섬에 살면서도
세상의 어느 지도에도 알려지지 않은 섬,
그래서 더 신비한 섬,
그래서 더 가꾸고 싶은 섬 그래도,
그대 가슴속의 따스한 미소와 장밋빛 체온
이글이글 사랑과 눈이 부신 영광의 함성

그래도라는 섬에서
그래도 부둥켜안고
그래도 손만 놓지 않는다면
언젠가 강을 다 건너 빛의 뗏목에 올라서리라,
어디엔가 걱정 근심 다 내려놓은 평화로운
그래도 거기에서 만날 수 있으리라

김승희 〈그래도라는 섬이 있다〉 | 《그래도라는 섬이 있다》, 마음산책, 2007

더 열심히 그 순간을 사랑할 것을

모든 순간이 다아

꽃봉오리인 것을

• 2005년 봄

나는 가끔 후회한다
그때 그 일이
노다지였을지도 모르는데……
그때 그 사람이
그때 그 물건이
노다지였을지도 모르는데……
더 열심히 파고들고
더 열심히 말을 걸고
더 열심히 귀 기울이고
더 열심히 사랑할걸……

반벙어리처럼
귀머거리처럼
보내지는 않았는가
우두커니처럼……
더 열심히 그 순간을
사랑할 것을……

모든 순간이 다아
꽃봉오리인 것을,
내 열심에 따라 피어날
꽃봉오리인 것을!

정현종 〈모든 순간이 꽃봉오리인 것을〉 |《사랑할 시간이 많지 않다》, 세계사, 1989

내를 건너서 숲으로
고개를 넘어서 마을로
나의 길은 언제나 새로운 길

• 2017년 봄

내를 건너서 숲으로
고개를 넘어서 마을로

어제도 가고 오늘도 갈
나의 길 새로운 길

민들레가 피고 까치가 날고
아가씨가 지나고 바람이 일고

나의 길은 언제나 새로운 길
오늘도…… 내일도……

내를 건너서 숲으로
고개를 넘어서 마을로

윤동주 〈새로운 길〉 |《별 헤는 밤》, 교보문고, 2017

꽃 피기 전
봄 산처럼
꽃 핀 봄산처럼

누군가의 가슴
울렁여 보았으면

• 2015년 봄

꽃 피기 전 봄 산처럼
꽃 핀 봄 산처럼
꽃 지는 봄 산처럼
꽃 진 봄 산처럼

나도 누군가의 가슴
한번 울렁여 보았으면

함민복 〈마흔 번째 봄〉 |《꽃봇대》, 대상, 2011

하루를 살더라도 평화롭게

이틀 사흘을 살더라도

온 세상이 평화롭게

• 2003년 봄

하루를 살아도
온 세상이 평화롭게
이틀을 살더라도
사흘을 살더라도 평화롭게

그런 날들이
그날들이
영원토록 평화롭게―

김종삼 〈평화롭게〉 | 《김종삼 전집》, 장석주 편, 청하, 1988

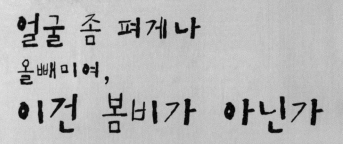

얼굴 좀 펴게나
올빼미여,
이건 봄비가 아닌가

• 2009년 봄

얼굴 좀 펴게나
올빼미여,
이건 봄비가 아닌가

梟よ
面癖直せ
春の雨

고바야시 잇사 小林—茶 |《한 줄도 너무 길다》, 류시화 엮음, 이레, 2000

여름, 달리다

다시
RUN RUN RU
넘어져도 괜
또RUN RUN
좀 다쳐도 괜

방탄소년단 | RUN

넌 내 하나뿐인 태양 세상에 딱 하나
널 향해 피었지만 난 자꾸 목말라
너무 늦었어 늦었어 너 없이 살 순 없어
가지가 말라도 더 힘껏 손을 뻗어

손 뻗어봤자 금세 깨버릴 꿈 꿈 꿈
미칠 듯 달려도 또 제자리일 뿐 뿐 뿐
그냥 날 태워줘 그래 더 밀쳐내줘
이건 사랑에 미친 멍청이의 뜀박질

더 뛰게 해줘
나를 더 뛰게 해줘
두 발에 상처만 가득해도
니 얼굴만 보면 웃는 나니까

다시 Run Run Run 난 멈출 수가 없어
또 Run Run Run 난 어쩔 수가 없어
어차피 이것밖에 난 못해
너를 사랑하는 것밖엔 못해
다시 Run Run Run 넘어져도 괜찮아
또 Run Run Run 좀 다쳐도 괜찮아
가질 수 없다 해도 난 족해
바보 같은 운명아 나를 욕해

(Run)
Don't tell me bye bye
(Run)
You make me cry cry
(Run)
Love is a lie lie
Don't tell me, don't tell me
Don't tell me bye bye

다 끝난 거라는데 난 멈출 수가 없네
땀인지 눈물인지 나 더는 분간 못해 oh
내 발가벗은 사랑도 거친 태풍 바람도
나를 더 뛰게만 해 내 심장과 함께

더 뛰게 해줘
나를 더 뛰게 해줘
두 발에 상처만 가득해도
니 얼굴만 보면 웃는 나니까

다시 Run Run Run 난 멈출 수가 없어
또 Run Run Run 난 어쩔 수가 없어
어차피 이것밖에 난 못해
너를 사랑하는 것밖엔 못해
다시 Run Run Run 넘어져도 괜찮아

또 Run Run Run 좀 다쳐도 괜찮아
가질 수 없다 해도 난 족해
바보 같은 운명아 나를 욕해

추억들이 마른 꽃잎처럼
산산이 부서져가
내 손끝에서 내 발밑에서
달려가는 네 등 뒤로
마치 나비를 쫓듯 꿈속을 헤매듯
너의 흔적을 따라가
길을 알려줘 날 좀 멈춰줘
날 숨 쉬게 해줘

다시 Run Run Run 난 멈출 수가 없어
또 Run Run Run 난 어쩔 수가 없어
어차피 이것밖에 난 못해
너를 사랑하는 것밖엔 못해

다시 Run Run Run 넘어져도 괜찮아
또 Run Run Run 좀 다쳐도 괜찮아
가질 수 없다 해도 난 족해
바보 같은 운명아 나를 욕해

(Run)

Don't tell me bye bye

(Run)

You make me cry cry

(Run)

Love is a lie lie

Don't tell me, don't tell me

Don't tell me bye bye

방탄소년단 〈RUN〉 | 『화양연화 pt.2』, 2015

나였던 그 아이는 어디있을까

아직 내 속에 있을까

아니면 사라졌을까

• 2013년 여름

나였던 그 아이는 어디 있을까,
아직 내 속에 있을까 아니면 사라졌을까?

내가 그를 사랑하지 않았다는 걸 그는 알까
그리고 그는 나를 사랑하지 않았다는 걸?

왜 우리는 다만 헤어지기 위해 자라는데
그렇게 많은 시간을 썼을까?

내 어린 시절이 죽었을 때
왜 우리는 둘 다 죽지 않았을까?

만일 내 영혼이 떨어져나간다면
왜 내 해골은 나를 쫓는 거지?

파블로 네루다Pablo Neruda 〈44〉 |《질문의 책》, 정현종 옮김, 문학동네, 2013

내 마음 초록 숲이

굽이치며 달려가는 곳

거기에 바다는 있어라

뜀뛰는 가슴 너는 있어라

• 2007년 여름

내 마음의 초록 숲이 굽이치며 달려가는 곳
거기에 아슬히 바다는 있어라
뜀뛰는 가슴의 너는 있어라

이시영 〈빛〉 | 《무늬》, 문학과지성사, 1994

사람이 온다는 건
실은 어마어마한 일이다
한 사람의 일생이 오기 때문이다

• 2011년 여름

사람이 온다는 건
실은 어마어마한 일이다.
그는
그의 과거와
현재와
그리고
그의 미래와 함께 오기 때문이다.
한 사람의 일생이 오기 때문이다.
부서지기 쉬운
그래서 부서지기도 했을
마음이 오는 것이다-그 갈피를
아마 바람은 더듬어볼 수 있을
마음,
내 마음이 그런 바람을 흉내낸다면
필경 환대가 될 것이다.

정현종 〈방문객〉 | 《광휘의 속삭임》, 문학과지성사, 2008

제가끔 서 있어도 나무들은

숲이었어

그대와 나는 왜

숲이 아닌가

• 2015년 여름

숲에 가 보니 나무들은
제가끔 서 있더군
제가끔 서 있어도 나무들은
숲이었어
광화문 지하도를 지나며
숱한 사람들이 만나지만
왜 그들은 숲이 아닌가
이 메마른 땅을 외롭게 지나치며
낯선 그대와 만날 때
그대와 나는 왜
숲이 아닌가

정희성 〈숲〉 | 《저문 강에 삽을 씻고》, 창비, 1978

씨앗처럼 정지하라
꽃은 멈춤의 힘으로
피어난다

• 2020년 여름

기차를 세우는 힘, 그 힘으로 기차는 달린다
시간을 멈추는 힘, 그 힘으로 우리는 미래로 간다
무엇을 하지 않을 자유, 그로 인해 무엇을 해야 할 것인가를 안다
무엇이 되지 않을 자유, 그 힘으로 나는 내가 된다
세상을 멈추는 힘, 그 힘으로 우리는 달린다
정지에 이르렀을 때, 우리가 달리는 이유를 안다
씨앗처럼 정지하라, 꽃은 멈춤의 힘으로 피어난다

백무산 〈정지의 힘〉 | 《이렇게 한심한 시절의 아침에》, 창비, 2020

당신의 마음을

애틋이 사랑하듯

우리 사는 세상을

사랑합니다.

• 2008년 여름

당신과 헤어지고 보낸
지난 몇 개월은
어디다 마음 둘 데 없이
몹시 괴로운 시간이었습니다.
현실에서 가능할 수 있는 것들을
현실에서 해결하지 못하는 우리 두 마음이
답답했습니다.
허지만 지금은
당신의 입장으로 돌아가
생각해보고 있습니다.
받아들일 건 받아들이고
잊을 것은 잊어야겠지요.
그래도 마음 속의 아픔은
어찌하지 못합니다.
계절이 옮겨가고 있듯이
제 마음도 어디론가 옮겨가기를
바라고 있습니다.
추운 겨울의 끝에서 희망의 파란 봄이
우리 몰래 우리 세상에 오듯이
우리들의 보리들이 새파래지고
어디선가 또
새 풀이 돋겠지요.
이제 생각해보면
당신도 이 세상 하고많은 사람들 중의
한 사람이었습니다.

당신을 잊으려 노력한
지난 몇 개월 동안
아픔은 컸으나
참된 아픔으로
세상이 더 넓어져
세상만사가 다 보이고
사람들의 몸짓 하나하나가 다 이뻐 보이고
소중하게 다가오며
내가 많이도
세상을 살아낸
어른이 된 것 같습니다.
당신과 만남으로 하여
세상에 벌어지는 일들이 모두 나와 무관하지 않다는 것을
이 세상에 태어난 것을
고맙게 배웠습니다.
당신의 마음을 애틋이 사랑하듯
사람 사는 세상을 사랑합니다.

길가에 풀꽃 하나만 봐도
당신으로 이어지던 날들과
당신의 어깨에
내 머리를 얹은 어느 날
잔잔한 바다로 지는 해와 함께
우리 둘인 참 좋았습니다.
이 봄은 따로따로 봄이겠지요.
그러나 다 내 조국 산천의 아픈
한 봄입니다.
행복하시길 빕니다.
안녕.

김용택 <사랑> | 《맑은 날》, 창작사, 1986

태양이 한 마리 곤충처럼
밝게 뒹구는 해질녘,
세상은 한 송이 꽃의 내부

• 2018년 여름

따뜻하게 구워진 공기의 색깔들

멋지게 이륙하는 저녁의 시선

빌딩 창문에 불시착한
구름의 표정들

발갛게 부어오른 암술과
꽃잎처럼 벙그러지는 하늘

태양이 한 마리 곤충처럼 밝게 뒹구는
해질녘, 세상은 한 송이 꽃의 내부

채호기 〈해질녘〉 | 《수련》, 문학과지성사, 2002

구부러진 길이 좋다
들꽃피고
별도 많이뜨는
구부러진 길같은 사람이 좋다

• 2016년 여름

나는 구부러진 길이 좋다.
구부러진 길을 가면
나비의 밥그릇 같은 민들레를 만날 수 있고
감자를 심는 사람을 만날 수 있다.
날이 저물면 울타리 너머로 밥 먹으라고 부르는
어머니의 목소리도 들을 수 있다.
구부러진 하천에 물고기가 많이 모여 살 듯이
들꽃도 많이 피고 별도 많이 뜨는 구부러진 길.
구부러진 길은 산을 품고 마을을 품고
구불구불 간다.
그 구부러진 길처럼 살아온 사람이 나는 또한 좋다.
반듯한 길 쉽게 살아온 사람보다
흙투성이 감자처럼 울퉁불퉁 살아온 사람의
구불구불 구부러진 삶이 좋다.
구부러진 주름살에 가족을 품고 이웃을 품고 가는
구부러진 길 같은 사람이 좋다.

이준관 〈구부러진 길〉 |《부엌의 불빛》, 시학, 2005

시골에선 **별똥**이 보이고

도시에선 **시간**이 보인다

벗이여, 우리도 쉬었다 가자

시골에선 별똥이 보이고
도시에선 시간이 보인다
벗이여, 우리도 쉬었다 가자

유종호 | 광화문글판을 위해 창작한 글

먼 데서 바람 불어와
풍경 소리 들리면
보고 싶은 내 마음이
찾아간 줄 알아라

운주사 와불님을 뵙고
돌아오는 길에
그대 가슴의 처마 끝에
풍경을 달고 돌아왔다
먼데서 바람 불어와
풍경 소리 들리면
보고 싶은 내 마음이
찾아간 줄 알아라

정호승 〈풍경 달다〉 | 《외로우니까 사람이다》, 열림원, 1998

가는 데까지 가거라

가다 막히면 앉아서 쉬거라

쉬다 보면 새로운 길이 보이리

• 2005년 여름

운명
기쁨도
슬픔도
가거라

폭풍이 몰아친다
오, 폭풍이 몰아친다
이 넋의 고요

인연
사랑이 식기 전에
가야 하는 것을

낙엽 지면
찬 서리 내리는 것을

당부
가는 데까지 가거라
가다 막히면
앉아서 쉬거라

쉬다보면
보이리
길이

김규동 〈해는 기울고〉 | 《느릅나무에게》, 창비, 2005

앞 강물, 뒷 강물,
흐르는 물은
어서 따라오라고 따라가자고

• 2017년 여름

그립다
말을 할까
하니 그리워

그냥 갈까
그래도
다시 더 한 번

저 산에도 까마귀, 들에 까마귀
서산에는 해 진다고
지저귑니다.

앞강물 뒷강물
흐르는 물은
어서 따라오라고 따라가자고
흘러도 연달아 흐릅디다려.

김소월 〈가는 길〉

나무 그늘에 앉아
다른 사람의 눈물을 닦아주는 모습은
그 얼마나 고요한 아름다움인가

• 2004년 여름

나는 그늘이 없는 사람을 사랑하지 않는다
나는 그늘을 사랑하지 않는 사람을 사랑하지 않는다
나는 한 그루 나무의 그늘이 된 사람을 사랑한다
햇빛도 그늘이 있어야 맑고 눈이 부시다
나무 그늘에 앉아
나뭇잎 사이로 반짝이는 햇살을 바라보면
세상은 그 얼마나 아름다운가

나는 눈물이 없는 사람을 사랑하지 않는다
나는 눈물을 사랑하지 않는 사람을 사랑하지 않는다
나는 한 방울 눈물이 된 사람을 사랑한다
기쁨도 눈물이 없으면 기쁨이 아니다
사랑도 눈물 없는 사랑이 어디 있는가
나무 그늘에 앉아
다른 사람의 눈물을 닦아주는 사람의 모습은
그 얼마나 고요한 아름다움인가

정호승 〈내가 사랑하는 사람〉 |《외로우니까 사람이다》, 열림원, 1998

물고기야 뛰어올라라
최초의 감동을 나는 붙잡겠다

물고기야 뛰어올라라
최초의 감동을
나는 붙잡겠다

물고기야 힘껏 뛰어올라라
풀바다 위에다가
나는 너를 메다치겠다

폭포 줄기 끌어내려
네 눈알을 매우 치겠다 매우 치겠다

조정권 〈약리도 躍鯉圖〉 | 《허심송 虛心頌》, 영언문화사, 1985

내 유산으로는
징검다리 같은 것으로 하고 싶어
모두들 건네주고 건네주는

• 2012년 여름

내 유산으로는
징검다리 같은 것으로 하고 싶어
장마 큰물이 덮었다가 이내 지쳐서는 다시 내보여주는,
은근히 세운 무릎 상부같이 드러나는
검은 징검돌 같은 걸로 하고 싶어

지금은,
불어난 물길을 먹먹히 바라보듯
섭섭함의 시간이지만
내 유산으로는 징검다리 같은 것으로 하고 싶어
꽃처럼 옮겨가는 목숨들의
발밑의 묵묵한 목숨
과도한 성냄이나 기쁨이 마셨더라도
이내 일고여덟 형제들 새까만 정수리처럼 솟아나와
모두를 건네주고 건네주는
징검돌의 은은한 부동不動
나의 유산은

장석남 〈나의 유산은〉 |《고요는 도망가지 말아라》, 문학동네, 2012

너와 난*
각자의 화분에서
살아가지만
햇빛을 함께
맞는다는 것!

• 2010년 여름

헝클어진 이불은 그대로
설거지거리는 어제보다 두 배로
어지간히 먼지 쌓인 방구석을
보고 있는 것만 해도 상당히 괴로워

실은 난 이른 아침 누군가의 목소리에
이불 안에서 빠져나온 기억이 거의 없어
누군가 내게 간단한 아침을 해준다거나
술기운에 잠들었던 속 쓰린 내게
기운 내라며 북엇국을 내주는 달콤한 상상(그 발칙한 착각!)
뭐 이쯤은 괜찮지 않아?
음악을 더 높이며 잠들기 전 미명
그 혼자라는 기분이 모두 사라지길 빌며
오오 그러나 시간이 갈수록 수렁 안으로 빠지는 기분
계속 혼잣말만 늘어나
오오 그럼 난 이제 어떡해
앞으로 남은 삶도 역시 혼자 살아가는 방식으로 그려가

헝클어진 이불은 그대로
설거지거리는 어제보다 두 배로
어지간히 먼지 쌓인 방구석을
보고 있는 것만 해도 상당히 괴로워

하루씩 꼬박꼬박 쌀을 씻고,
밥해 먹는 것 잊지 말라는 어머니의 가르침

음 귀찮은데 이따 밖에서 사 먹지!
몇 시간째 굶고 있다 괜시리 사무치는 당신의 노랫말(밥은 먹었니?
다 됐다 Have you eat)
오 그만 그만 이제 딱 그만큼만
이런 전화에 난 자꾸만 하품만 할 뿐야
실은 안 보이는 당신께 나의 아픈 마음을
감추는 건 비단 나뿐만이 아니라구
홀로 앉은 밥상에 내 머리를 숙인 채
숟가락을 드는 건 사실 좀 끔찍해
노래라도 불러봤으면 좋겠어
밀려드는 쓸쓸함을 쫓기 위해서
말없이 뜨는 상 위의 은색 밥그릇
그리고 재빨리 불을 꺼 좁은 부엌의 불을

이런 날 위해 끓여낸 된장찌개
스스로에게 주는 선물을 잘 간직해

헝클어진 이불은 그대로
설거지거리는 어제보다 두 배로
어지간히 먼지 쌓인 방구석을
보고 있는 것만 해도 상당히 괴로워

거의 한 달 만에 올라가 본 옥상은 여전히 화창하네
물 먹지 못해 메마른 꽃들 그리고 작은 가지 나무
짙은 갈색 화분들이 늘어선 기와 끝으로
하나도 꾸밀 게 없는 옥상의 풍경

파란색 물뿌리개의 손잡일 구부려
깃털 같은 눈보다 바람 부는 하늘보다
여기 훨씬 아름답게 흩날리는 물보라
제각기 다른 화분에서 살아가는
그래서 나와 같은 고독함을 아는
그들의 모습을 발견하곤 깜짝 놀래
서로의 줄기에 기댄 광경을 한참 몰래
지켜보다 새삼스레 뭔가를 깨달아
너와 난 각자의 화분에서 산다고

게다가 내가 너와 같은 건 우린 각자 화분에서
살아가지만 서로에게 기댄다는 것
내가 너와 같은 건 우린 각자 화분에서
살아가지만 햇빛을 함께 맞는다는 것
내가 너와 같은 건 우린 각자 화분에서
살아가지만 서로에게 기댄다는 것

서로에게 기댄다는 것

키비Kebee 〈자취 일기〉 | 키비 1집 『에벌루셔널 포엠Evolutional Poems』, 2004

읽다 접어둔 책과
막 고백하려는 사랑의 말까지
좋은 건 사라지지 않는다

• 2019년 여름

좋은 건 사라지지 않는다
비통한 이별이나
빼앗긴 보배스러움
사별한 참사람도
그 존재한 사실 소멸할 수 없다

반은 으스름, 반은 햇살 고른
이상한 조명 안에
옛 가족 옛 친구 모두 함께 모였느니

죽은 이와 산 이를
따로이 가르지도 않고
하느님의 책 속
하느님 필적으로 쓰인
가지런히 정겨운 명단 그대로

따스한 잠자리,
고즈넉한 탁상등
읽다가 접어 둔 책과
옛 시절의 달밤,
막 고백하려는 사랑의 말까지
좋은 건
결코 사라지지 않는다

사람 세상에 솟아난
모든 진심인 건
혼령이 깃들기에 그러하다

김남조 〈좋은 것〉 | 《김남조 시 99선》, 선, 2002

푸름을 푸름을 들이마시며

터지는 여름을 향해

우람한 꽃망울을 준비하리라

• 2002년 여름

헐벗을 날이 오리라
바람부는 날이 오리라
그리하여 잠시 침묵할 날이 오리라.

겨우내
떨리는 몸 웅크리며
치렁치렁한 머리칼도 잘리고
얼어붙은 하늘 향해
볼 낯이 없어, 피할 길이 없어
말없이 그저 꼿꼿이 서서
떨며 흔들리리라.

푸름을 푸름을 모조리 들이마시며
터지는 여름을 향해
우람한 꽃망울을 준비하리라.

너희들은 아버지를 아버지라 부르고
너희들은 어머니를 어머니라 부르고
너희들은 형님을 형님이라 부르고
너희들은 누나를 누나라 부르고
동생을 동생이라고 처음 부르던
이땅을 부둥켜 안고,

결코 이 겨울을 피하지 않으리라
결코 이땅을 피하지 않으리라.
이 곳 말고 갈 수 있는 땅이
어디 있다더냐.

헐벗을 날이 오더라도
떨 날이 오더라도
침묵할 날이 오더라도.

조태일 〈꽃나무들〉 | 《가거도》, 창작과비평사, 1983

가을, 영글다

2016 광화문글판 대학생 디자인 공모전 대상(이담윤·서상민)

낙엽 하나 슬며시 곁에 내린다
고맙다
실은 이런 것이 고마운 일이다

• 2016년 가을

이도 저도 마땅치 않은 저녁
철이른 낙엽 하나 슬며시 곁에 내린다

그냥 있어볼 길밖에 없는 내 곁에
저도 말없이 그냥 있는다

고맙다
실은 이런 것이 고마운 일이다

김사인 〈조용한 일〉 |《가만히 좋아하는》, 창비, 2006

있잖아,
　힘들다고
　　한숨짓지 마

햇살과 바람은
한쪽 편만 들지 않아

• 2011년 가을

있잖아, 불행하다고
한숨짓지 마

햇살과 산들바람은
한쪽 편만 들지 않아

꿈은
평등하게 꿀 수 있는 거야

나도 괴로운 일
많았지만
살아 있어 좋았어

너도 약해지지 마

시바타 도요 〈약해지지 마〉 | 《약해지지 마》, 지식여행, 2010

나뭇잎은 흙으로 돌아갈 때에야

더욱 경건하고

사람들은 적막한 바람속에 서서야

비로소 아름다운가

• 2002년 가을

초봄에 눈을 떴다가
한여름 뙤약볕에 숨이 차도록
빛나는 기쁨으로만 헐떡이던 것이
어느새 황금빛 눈물이 되어
발을 적시누나.

나뭇잎은 흙으로 돌아갈 때에야
더욱 경건하고 부끄러워하고,
사람들은 적막한 바람속에 서서야
비로소 아름답고 슬픈 것인가.

천지가 막막하고
미처 부를 사람이 없음이여!
이제 저 나뭇잎을
우리는 손짓하며 바라볼 수가 없다.
그저 숙이는 목고갯짓으로
목숨은 한풀 꺾여야 한다.
아! 묵은 노래가 살아나야 한다.

박재삼 〈지는 잎 보면서〉 | 《대관령 근처》, 정음사, 1985

세상 풍경 중에서
제일 아름다운 풍경
모든 것들이 제자리로 돌아오는 풍경

• 2020년 광화문글판 30년 기념   2020 광화문글판 대학생 디자인 공모전 대상(민주영)

세상 풍경 중에서 제일 아름다운 풍경
모든 것들이 제자리로 돌아가는 풍경
세상 풍경 중에서 제일 아름다운 풍경
모든 것들이 제자리로 돌아오는 풍경
우~ 우~ 풍경 우~ 우~ 풍경
세상 풍경 중에서 제일 아름다운 풍경
모든 것들이 제자리로 돌아오는 풍경

우~ 우~ 풍경 우~ 우~ 풍경
세상 풍경 중에서 제일 아름다운 풍경
모든 것들이 제자리로 돌아가는 풍경
세상 풍경 중에서 제일 아름다운 풍경
모든 것들이 제자리로 돌아오는 풍경
풍경 풍경

시인과 촌장 〈풍경〉 | 『푸른 돛』, 1986

낙엽이 지거든 물어보십시오

사랑은 왜
낮은 곳에 있는지를

• 2012년 가을

한 잎 두 잎 나뭇잎이
낮은 곳으로
자꾸 내려앉습니다
세상에 나누어줄 것이 많다는 듯이

나도 그대에게 무엇을 좀 나눠주고 싶습니다

내가 가진 게 너무 없다 할지라도
그대여
가을 저녁 한때
낙엽이 지거든 물어보십시오
사랑은 왜
낮은 곳에 있는지를

안도현 〈가을 엽서〉 | 《그대에게 가고 싶다》, 푸른숲, 1999

대추가 저절로 붉어질 리는 없다
저 안에 태풍 몇개
천둥 몇개, 벼락 몇개

• 2009년 가을

저게 저절로 붉어질 리는 없다
저 안에 태풍 몇 개
저 안에 천둥 몇 개
저 안에 벼락 몇 개

저게 저 혼자 둥글어질 리는 없다
저 안에 무서리 내리는 몇 밤
저 안에 땡볕 두어 달
저 안에 초승달 몇 날

장석주 〈대추 한 알〉 | 《붉디 붉은 호랑이》, 애지, 2005

바람에게도 길은 있다

　　나는 비로소 나의 길을 가느니

길은 언제나 어디에나 있다

• 2003년 가을

강하게 때론 약하게
함부로 부는 바람인 줄 알아도
아니다! 그런 것이 아니다!

보이지 않는 길을
바람은 용케 찾아간다.
바람길은 사통팔달四通八達이다.

나는 비로소 나의 길을 가는데
바람은 바람길을 간다.
길은 언제나 어디에나 있다.

천상병 〈바람에게도 길이 있다〉 | 《천상병 전집-시》, 평민사, 2007

이 우주가 우리에게 준
두 가지 선물
사랑하는 힘과~ 질문하는 능력

• 2015년 가을   2015 광화문글판 대학생 디자인 공모전 대상(최해원)

이 우주에서 우리에겐 두 가지 선물이 주어진다.
사랑하는 능력과 질문하는 능력. 그 두 가지 선물은
우리를 따뜻하게 해주는 불인 동시에
우리를 태우는 불이기도 하다.

지금 이 순간은 아니지만 곧 우리는
새끼 양이고 나뭇잎이고 별이고
신비하게 반짝이는 연못물이다.

메리 올리버 《휘파람 부는 사람》, 마음산책, 2015

버려야 할 것이

무엇인지 아는 순간부터

나무는 가장 아름답게 불탄다

• 2007년 가을

버려야 할 것이
무엇인지를 아는 순간부터
나무는 가장 아름답게 불탄다

제 삶의 이유였던 것
제 몸의 전부였던 것
아낌없이 버리기로 결심하면서
나무는 생의 절정에 선다

방하착 放下着
제가 키워온,
그러나 이제는 무거워진
제 몸 하나씩 내려놓으면서

가장 황홀한 빛깔로
우리도 물이 드는 날

도종환 〈단풍 드는 날〉 | 《슬픔의 뿌리》, 실천문학사, 2002

찬 가을 한자락이
은은히 내 안으로 스며든다
고마운 일이다~

• 2008년 가을

찬 가을 한 자락이
여기 환한 유리잔
뜨거운 물 속에서 몸을 푼다
인적 드문 산길에 짧은 햇살
청아한 풀벌레 소리도 함께 녹아든다
언젠가 어느 별에서 만나
정결하고 선한 영혼이
오랜 세월 제 마음을 여며두었다가
고적한 밤 등불 아래
은은히 내 안으로 스며든다
고마운 일이다

조향미 〈국화차〉 | 《그 나무가 나에게 팔을 벌렸다》, 실천문학사, 2006

177

못 쓰는 종이로 비행기를 접는다
비행기는 푸릉푸릉 날아갈 테지
하늘나라 별애기를 태우고 올 테지

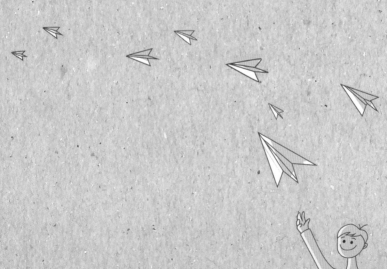

• 2018년 가을   2018 광화문글판 대학생 디자인 공모전 대상(최현석)

나하고 분이하고
못 쓰는 종이로
비행기를 접는다.
우리 우리 비행기는
푸룽푸룽 날아갈 테지.
그리고
하늘나라 별 애기를
태우고 올 테지.

오장환 〈종이비행기〉 | 1934년 7월 22일자 《조선일보》

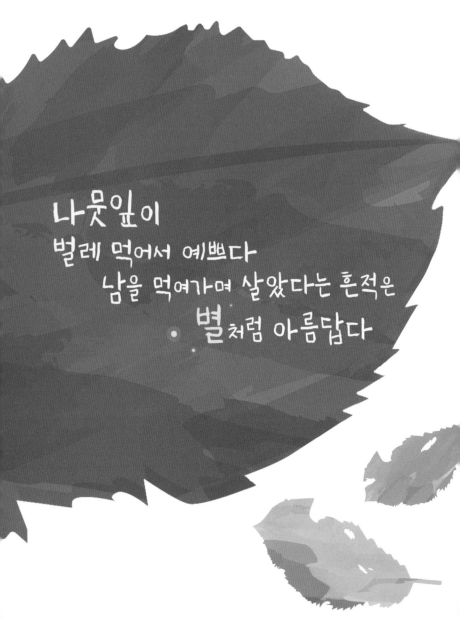

나뭇잎이
벌레 먹어서 예쁘다
남을 먹여가며 살았다는 흔적은
별 처럼 아름답다

• 2019년 가을 2019 광화문글판 대학생 디자인 공모전 대상(홍나라)

나뭇잎이
벌레 먹어서 예쁘다
귀족의 손처럼 상처 하나 없이 매끈한 것은
어쩐지 베풀 줄 모르는 손 같아서 밉다
떡갈나무 잎에 벌레 구멍이 뚫려서
그 구멍으로 하늘이 보이는 것은 예쁘다
상처가 나서 예쁘다는 것은 잘못인 줄 안다
그러나 남을 먹여 가며 살았다는 흔적은
별처럼 아름답다

이생진 〈벌레 먹은 나뭇잎〉 |《기다림》, 지식을만드는지식, 2012

지금 네 곁에 있는 사람,
네가 자주 가는 곳,
네가 읽는 책들이
너를 말해준다

• 2010년 가을

그대가 누구와 만나고 있는가를
내게 말해보라.
그러면 나는 그대에게
그대가 어떤 사람인가를
말해주겠다.

괴테 | 괴테의 명언에서 발췌, 인용한 것입니다.

어느 날 나무는 말이 없고
생각에 잠기기 시작한다
하나, 둘
이파리를 떨군다

● 2014년 가을   2014년 광화문글판 대학생 디자인 공모전 대상(이다희)

햇살 아래 졸고 있는
상냥한 눈썹, 한 잎의 풀도
그 뿌리를
어둡고 차가운 흙에
내리고 있다.
(그런데 참 이상한 일이지만 그곳이 그리워지기도 하는 모양이다.)

어느 날 갑자기 나무는 말이 없고
생각에 잠기기 시작한다.
그리고
하나
둘
(탄식과 허우적댐으로 떠오르게 하는)
이파리를 떨군다.

나무는 창백한 이마를 숙이고
몽롱히
시선의 뿌리를
내리고 있다.
챙강챙강 부딪히며
깊어지는 낙엽더미
아래에.

황인숙 〈어느 날 갑자기 나무는 말이 없고〉
《새는 하늘을 자유롭게 풀어놓고》, 문학과지성사, 1988

착한 당신, 피곤해도 잊지 말아요
아득하게
멀리서 오는 바람의 말을

• 2005년 가을

우리가 모두 떠난 뒤
내 영혼이 당신 옆을 스치면
설마라도 봄 나뭇가지 흔드는
바람이라고 생각지는 마

나 오늘 그대 알았던
땅 그림자 한 모서리에
꽃 나무 하나 심어 놓으려니
그 나무 자라서 꽃 피우면
우리가 알아서 얻은 모든 괴로움이
꽃잎 되어서 날아가 버릴 거야

꽃잎 되어서 날아가 버린다
참을 수 없게 아득하고 헛된 일이지만
어쩌면 세상 모든 일을
지척의 자로만 재고 살 건가.
가끔 바람 부는 쪽으로 귀 기울이면
착한 당신, 피곤해져도 잊지 마
아득하게 멀리서 오는 바람의 말을

마종기 〈바람의 말〉 | 《안 보이는 사랑의 나라》, 문학과지성사, 1980

또로
또로
또로

책 속에 귀뚜라미 들었다
나는 눈을 감고
귀뚜라미 소리만 듣는다

• 2013년 가을

또로 또로 또로
귀뚜라미 우는 밤

가만히 책을 보면
책 속에 귀뚜라미 들었다

나는 눈을 감고
귀뚜라미 소리만 듣는다

또로 또로 또로
멀리 멀리 동무가 생각 난다

김영일 〈귀뚜라미 우는 밤〉 | 《해바라기 얼굴》, 창작과비평사, 1991

가장 아름다운 열매를 위하여
가장 외로운 낙엽을 위하여
오늘을 사랑하게 하소서

• 2006년 가을

가을에는
기도祈禱하게 하소서……
낙엽落葉들이 지는 때를 기다려 내게 주신
겸허謙虛한 모국어母國語로 나를 채우소서.

가을에는
사랑하게 하소서……
오직 한 사람을 택하게 하소서,
가장 아름다운 열매를 위하여 이 비옥肥沃한
시간時間을 가꾸게 하소서.

가을에는
호올로 있게 하소서……

나의 영혼,
굽이치는 바다와
백합百合의 골짜기를 지나,
마른 나뭇가지 위에 다다른 까마귀같이.

김현승 〈가을의 기도祈禱〉 | 《김현승 시전집》, 김인섭 엮음, 민음사, 2005

겨울, 기다리다

넣을 것 없어 걱정이던 호주머니는
겨울만 되면 주먹 두 개 갑북갑북

• 2019년 겨울

넣을 것 없어
걱정이던
호주머니는

겨울만 되면
주먹 두 개 갑북갑북

윤동주 〈호주머니〉

눈송이처럼 너에게 가고싶다
머뭇거리지 말고
서성대지 말고

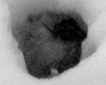
• 2009년 겨울

눈송이처럼 너에게 가고 싶다
머뭇거리지 말고
서성대지 말고
숨기지 말고
그냥 네 하얀 생애 속에 뛰어 들어
따스한 겨울이 되고 싶다
천년 백설이 되고 싶다

문정희 〈겨울 사랑〉 | 《내 몸 속의 새를 꺼내주세요》, 들꽃세상, 1990

열려 있는 손이 있고
주의 깊은 눈이 있고
나누어야 할 삶, 삶이 있다

• 2016년 겨울

밤은 결코 완전한 것이 아니다
내가 그렇게 말하기 때문에
내가 그렇게 주장하기 때문에
슬픔의 끝에는 언제나
열려 있는 창이 있고
불 켜진 창이 있다
언제나 꿈은 깨어나듯이
충족시켜야 할 욕망과 채워야 할 배고픔이 있고
관대한 마음과
내미는 손 열려 있는 손이 있고
주의 깊은 눈이 있고
함께 나누어야 할 삶,
삶이 있다

폴 엘뤼아르 〈그리고 미소를〉 | 《세상에서 가장 아름다운 시 111선》, 푸르름, 2007

기다리지 않아도 오고

기다림마저 잃었을 때에도 너는 온다

더디게 더디게 마침내 올 것이 온다. 봄.

• 2001년 겨울

기다리지 않아도 오고
기다림마저 잃었을 때에도 너는 온다.
어디 뻘밭 구석이거나
썩은 물웅덩이 같은 데를 기웃거리다가
한눈 좀 팔고, 싸움도 한판 하고,
지쳐 나자빠져 있다가
다급한 사연 듣고 달려간 바람이
흔들어 깨우면
눈 부비며 너는 더디게 온다.
더디게 더디게 마침내 올 것이 온다.
너를 보면 눈부셔
일어나 맞이할 수가 없다.
입을 열어 외치지만 소리는 굳어
나는 아무것도 미리 알릴 수가 없다.
가까스로 두 팔을 벌려 껴안아 보는
너, 먼 데서 이기고 돌아온 사람아.

이성부 〈봄〉 | 《우리들의 양식》, 민음사, 1995

눈 이 오 는 가 북 쪽 엔
함 박 눈 쏟 아 져 내 리 는 가
너 를 남 기 고 온 작 은 마 을 에 도

• 2014년 겨울

눈이 오는가 북쪽엔
함박눈 쏟아져 내리는가

험한 벼랑을 굽이굽이 돌아간
백무선白茂線 철길 위에
느릿느릿 밤새워 달리는
화물차의 검은 지붕에

연달린 산과 산 사이
너를 남기고 온
작은 마을에도 복된 눈 내리는가

잉크병 얼어드는 이러한 밤에
어쩌자고 잠을 깨어
그리운 곳 차마 그리운 곳

눈이 오는가 북쪽엔
함박눈 쏟아져 내리는가

이용악 〈그리움〉 |《이용악 시전집》, 창작과비평사, 1988

아픈 데서 피지 않은 꽃 어디 있으랴

꽃소식 환한 마음 보듬어

희망의 불 지펴 내일을 열자

• 2000년 겨울

이별은 손 끝에 있고
서러움은 먼데서 온다
강 언덕 풀잎들이 돋아나며
아침 햇살에 핏줄이 일어선다
마른 풀잎들은 더 깊이 숨을 쉬고
아침 산그늘 속에
산벚꽃은 피어서 희다
누가 알랴 사람마다
누구도 닿지 않은 고독이 있다는 것을
돌아앉은 산들은 외롭고
마주보는 산은 흰 이마가 서럽다
아픈 데서 피지 않은 꽃이 어디 있으랴
슬픔은 손끝에 닿지만
고통은 천천히 꽃처럼 피어난다
저문 산 아래
쓸쓸히 서 있는 사람아
뒤로 오는 여인이 더 다정하듯이
그리운 것들은 다 산 뒤에 있다
사람들은 왜 모를까 봄이 되면
손에 닿지 않는 것들이 꽃이 된다는 것을

김용택 〈사람들은 왜 모를까〉 | 《그 여자네 집》, 창작과비평사, 1998

겨울 들판을 거닐며
아무것도 가진 것 없을 거라고
함부로 말하지 않기로 했다

· 2017년 겨울

가까이 다가서기 전에는
아무것도 가진 것 없어 보이는
아무것도 피울 수 없을 것처럼 보이는
겨울 들판을 거닐며
매운 바람 끝자락도 맞을 만치 맞으면
오히려 더욱 따사로움을 알았다
듬성듬성 아직은 덜 녹은 눈발이
땅의 품안으로 녹아들기를 꿈꾸며 뒤척이고
논두렁 밭두렁 사이사이
초록빛 싱싱한 키 작은 들풀 또한 고만고만 모여 앉아
저만치 밀려오는 햇살을 기다리고 있었다
신발 아래 질척거리며 달라붙는
흙의 무게가 삶의 무게만큼 힘겨웠지만
여기서만은 우리가 알고 있는
아픔이란 아픔은 모두 편히 쉬고 있음도 알았다
겨울 들판을 거닐며
겨울 들판이나 사람이나
가까이 다가서지도 않으면서
아무것도 가진 것 없을 거라고
아무것도 키울 수 없을 거라고
함부로 말하지 않기로 했다.

허형만 〈겨울 들판을 거닐며〉 | 《비 잠시 그친 뒤》, 문학과지성사, 1999

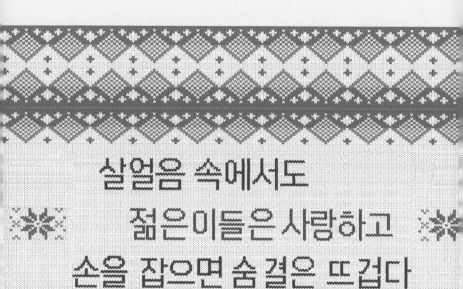

살얼음 속에서도
젊은이들은 사랑하고
손을 잡으면 숨 결은 뜨겁다

• 2013년 겨울

눈에 덮여도
풀들은 싹트고
얼음에 깔려서도
벌레들은 숨쉰다

바람에 날리면서
아이들은 뛰놀고
진눈깨비에 눈 못 떠도
새들은 지저귄다

살얼음 속에서도
젊은이들은 사랑하고
손을 잡으면
숨결은 뜨겁다

눈에 덮여도
먼동은 터오고
바람이 맵찰수록
숨결은 더 뜨겁다

신경림 〈정월의 노래〉 | 《달 넘세》, 창작과비평사, 1985

삶이란

나 아닌 그 누구에게

기꺼이 연탄 한 장 되는 것

• 2006년 겨울

또 다른 말도 많고 많지만
삶이란
나 아닌 그 누구에게
기꺼이 연탄 한 장 되는 것

방구들 선득선득해지는 날부터 이듬해 봄까지
조선팔도 거리에서 제일 아름다운 것은
연탄차가 부릉부릉
힘쓰며 언덕길을 오르는 거라네
해야 할 일이 무엇인가를 알고 있다는 듯이
연탄은, 일단 제 몸에 불이 옮겨 붙었다 하면
하염없이 뜨거워지는 것
매일 따스한 밥과 국물 퍼먹으면서도 몰랐네
온몸으로 사랑하고 나면
한 덩이 재로 쓸쓸하게 남는 게 두려워
여태껏 나는 그 누구에게 연탄 한 장도 되지 못하였네

생각하면
삶이란
나를 산산이 으깨는 일
눈 내려 세상이 미끄러운 어느 이른 아침에
나 아닌 그 누가 마음 놓고 걸어갈
그 길을 만들 줄도 몰랐었네, 나는

안도현 〈연탄 한 장〉 | 《외롭고 높고 쓸쓸한》, 문학동네, 1994

두 번은 없다
반복되는 하루는 단 한 번도 없다
그러므로 너는 아름답다

• 2015년 겨울

두 번은 없다. 지금도 그렇고
앞으로도 그럴 것이다. 그러므로 우리는
아무런 연습 없이 태어나서
아무런 훈련 없이 죽는다.

우리가, 세상이란 이름의 학교에서
가장 바보 같은 학생일지라도
여름에도 겨울에도
낙제란 없는 법.

반복되는 하루는 단 한 번도 없다.
두 번의 똑같은 밤도 없고,
두 번의 한결같은 입맞춤도 없고,
두 번의 동일한 눈빛도 없다.

어제, 누군가 내 곁에서
네 이름을 큰 소리로 불렀을 때,
내겐 마치 열린 창문으로
한 송이 장미꽃이 떨어져 내리는 것 같았다.

오늘, 우리가 이렇게 함께 있을 때,
난 벽을 향해 얼굴을 돌려버렸다.
장미? 장미가 어떤 모양이었지?
꽃이었던가, 돌이었던가?

힘겨운 나날들, 무엇 때문에 너는
쓸데없는 불안으로 두려워하는가.
너는 존재한다—그러므로 사라질 것이다
너는 사라진다—그러므로 아름답다

미소 짓고, 어깨동무하며
우리 함께 일치점을 찾아보자.
비록 우리가 두 개의 투명한 물방울처럼
서로 다를지라도…….

비스와바 쉼보르스카 〈두 번은 없다〉 | 《끝과 시작》, 문학과지성사, 2007

숲은 아름답고 깊지만
내겐 지켜야 할 약속이 있네
아직 가야 할 길이 남아있네

• 2018년 겨울

이 숲이 누구네 숲인지,

난 알 듯해.

숲 주인은 마을에 집이 있어서,

내가 지금 여기 멈춰 선 채

눈 덮이는 자기 숲 바라보는 것도 모를 테지.

내 어린 말은 이상하게 여길 거야.

농가도 없는 데서 이렇게 멈춰 선 것을.

한 해 중 가장 어두운 저녁,

숲과 꽁꽁 얼어붙은 호수 사이에 서서

어린 말이 방울을 딸랑이며

무슨 일이냐고 묻네.

말방울 소리 말고는 스쳐가는 바람 소리뿐.

폴폴 날리는 눈송이 소리뿐.

숲은 무척이나 아름답고 어둡고 깊지만

난 지켜야 할 약속이 있고,

잠자리에 누우려면 한참 더 가야 하네.

한참을 더 가야 한다네.

로버트 프로스트《눈 내리는 저녁 숲가에 멈춰 서서》, 살림어린이, 2013

황새는 날아서
알은 뛰어서 달팽이는 기어서
새해 첫날에 도착했다

• 2012년 겨울

황새는 날아서
말은 뛰어서
거북이는 걸어서
달팽이는 기어서
굼벵이는 굴렀는데
한날 한시 새해 첫날에 도착했다

바위는 앉은 채로 도착해 있었다

반칠환 〈새해 첫 기적〉 |《웃음의 힘》, 시와시학사, 2005년

먼동 트는 새벽빛

고운 물살로

당신, 당신이 왔으면 좋겠습니다

• 2002년 겨울

당신, 당신이 왔으면 좋겠습니다.
곱게 지켜
곱게 바치는 땅의 순결.
그 설레이는 가슴
보드라운 떨림으로
쓰러지며 껴안을,
내 몸 처음 열어
골고루 적셔 채워줄 당신.
혁명의 아침같이,
산굽이 돌아오며
아침 여는 저기 저 물굽이같이
부드러운 힘으로 굽이치며
잠든 세상 깨우는
먼동 트는 새벽빛
그 서늘한 물빛 고운 물살로
유유히.
당신, 당신이 왔으면 좋겠습니다.

김용택 〈섬진강 11 _다시 설레는 봄날에〉 | 《섬진강》, 창작과비평사, 1985

눈과 얼음의 틈새를 뚫고
가장 먼저 밀어올리는 들꽃
그게 너였으면 좋겠다

• 2010년 겨울

아직 잔설 그득한 겨울 골짜기
다시금 삭풍 불고 나무들 울다
꽁꽁 얼었던 샛강도 누군가 그리워
바닥부터 조금씩 물길을 열어 흐르고
눈과 얼음의 틈새를 뚫고
가장 먼저 밀어 올리는 생명의 경이
차디찬 계절의 끝을 온몸으로 지탱하는 가녀린 새순
마침내 노오란 꽃망울 머금어 터뜨리는
겨울 샛강, 절벽, 골짜기 바위틈의
들꽃, 들꽃들
저만치서 홀로 환하게 빛나는

그게 너였으면 좋겠다
아니 너다

곽효환 〈얼음새꽃〉 | 《지도에 없는 집》, 문학과지성사, 2010

까치 한 마리 날아와 우는 아침
어여삐 전해 오는 기별에
환히 밝아오는 따뜻한 겨울빛

• 2003년 겨울

까치 한 마리 날아와 우는 아침
어여삐 전해 오는 기별에
환히 밝아오는 겨울 빛

먼 산간 마을에는
반가운 사람을 맞이하러
남빛 연기가 길 따라 피어오르고

겨울나무 가지에 쌓인
함박눈이 한 웅큼 떨어져 내릴 때
환한 빛 속으로 날아가는

까치 한 마리
적요한 겨울을 흔들던
꽁지가 나무 가지 우듬지에 새하얗다

김달진 〈겨울아침〉 | 시인의 유고노트에서 발췌, 인용한 글

푸른 바다에는 고래가 있어야지
고래 한마리 키우지 않으면
청년이 아니지

• 2011년 겨울

푸른 바다에 고래가 없으면
푸른 바다가 아니지
마음속에 푸른 바다의
고래 한 마리 키우지 않으면
청년이 아니지

푸른 바다가 고래를 위하여
푸르다는 걸 모르는 사람은
아직 사랑을 모르지

고래도 가끔 수평선 위로 치솟아올라
별을 바라본다
나도 가끔 내 마음속의 고래를 위하여
밤하늘 별들을 바라본다

정호승 〈고래를 위하여〉 | 《외로우니까 사람이다》, 열림원, 1998

아침에는

운명 같은 건 없다

있는 건 오로지, 새날

• 2008년 겨울

아침에는
운명 같은 건 없다
있는 건 오로지
새날
풋기운!

운명은 혹시
저녁이나 밤에
무거운 걸음으로
다가올른지 모르겠으나,
아침에는
운명 같은 건 없다

정현종 〈아침〉 |《광휘의 속삭임》, 문학과지성사, 2008

떠나라

낯선 곳으로

그대 하루하루의

낡은 반복으로부터

• 1998년 봄~여름

떠나라
낯선 곳으로

아메리카가 아니라
인도네시아가 아니라
그대 하루하루의 반복으로부터
단 한번도 용서할 수 없는 습관으로부터
그대 떠나라

아기가 만들어낸 말의 새로움으로
할머니를 알루빠라고 하는 새로움으로
그리하여
할머니조차
새로움이 되는 곳
그 낯선 곳으로

떠나라
그대 온갖 추억과 사전을 버리고
빈주먹조차 버리고

떠나라
떠나는 것이야말로
그대의 재생을 뛰어넘어
최초의 탄생이다. 떠나라

고은 〈낯선 곳〉 |《내일의 노래》, 창작과비평사, 1992

우리 모두 함께 뭉쳐
경제 활력 다시 찾자

• 1991년 최초의 광화문글판

3부

우리가 사랑한 이야기들
_ 광화문에서 쓰다

봄은 어디선가 묵묵히 걸어온다

° 원지한

꽃 피기 전 봄 산처럼
꽃 핀 봄산처럼
누군가의 가슴 울렁여 보았으면

삼월. 입춘이 지난 지 한 달을 넘었는데도 추위가 가시지 않았다. 그런데 그날은 여느 때와 다른 기운이 느껴졌다. 봄이 오나? 정오 무렵의 햇빛이 제법 따뜻했다. 봄은 어디선가 묵묵히 걸어오고 있었다.

인간공학 수업을 마치고 예술대에서 걸어 나오는 길이었다. 그 당시엔 대개 혼자 다녔었다. 약간의 쓸쓸함이 항상 걸음을 느리게 만들었다. 지금 생각해 보면 주변의 풍경에서 위안을 받고 싶었나 보다. 예술대 주차장 너머 광장에서 환호성이 들려왔다. 마이크를 타고 울리는 음성. 유쾌한 말투가 학생에게 학번과 과를 묻는다. 곧이어 그는 퀴즈를 읽는다. 누군가는 정답을 맞히겠지. 나는 구름 한 점 없는 하늘을 보고 걷다가, 보도블록 폭에 맞춰 걸었다.

그러다 인도를 벗어나 마른 잔디 위로 걸었다. 발이 우묵히 땅으로 꺼졌다. 나도 모르게 미소가 나왔다. 광장 쪽에선 또 한 번의 환호가 희미하게 들려왔다.

잔디밭을 가로질러 걷다 보니 계단 대신 조그만 언덕이었다. 멀찍이 학교 중앙의 원형 로터리가 보였다. 오전 수업을 마친 학생들이 그곳으로 우르르 쏟아지고 있었다. 그 광경을 멀찌감치 바라보기만 했는데도 머리가 어지러웠다. 덜컥 돌아서 가야 하나, 하는 망설임이 생겼다. 갈등에 빠져 인도로 올라서는데, 로터리 중심에 누군가 우뚝 멈춰 서 있었다. 그는 자신의 키보다 큰 대자보를 머리 위로 추켜세우고 있었다. 가장 눈에 띄게 써놓은 글은, 구재단 복귀 반대. 그 밑으로 삭발한 그의 뒤통수가 아직도 눈에 선하다. SNS에서 학생운동을 하며 남긴 사진들을 공유해 달라던 동기들이 떠올랐다. 인파 속에 홀로 서 있는 청년은 그들 중 한 명일 수도 있을 것이다. 아니, 아마도 분명하다. 그들은 그리 많은 수가 아니었다. 그렇다면 나와 아는 사람일까,라는 생각이 들자 모른 척 지나가고 싶은 마음이 스멀댔다.

난 어느새 인파 속으로 들어서고 있었다. 방향도 없이 얽히는 학생들 사이에서 나는 멈춰 있는 그의 뒤통수를 멀거니 바라보며 걸었다. 학생 몇몇은 대자보를 힐끔 쳐다보았다. 나는 그의 짧은 머리카락 사이의 허연 두피가 보일 정도로 가까워졌다. 그의 곁을 지나치는 짧은 순간에 한 가지 안도했던 것은 그가 내 친구는 아닐 거라는 확신 때문이었다. 그가 내 친구였다면 단번에 알아보지 못할 리 없었다. 그렇다면 그는 누구일까……. 궁금증은 계속 불어났지만, 난 뒤를 돌아보지 않기로 다짐했다.

그를 열 발자국 정도 지나쳤을까. 저만치 맞은편에서 볼이 도톨도톨한 여학생이 가만히 서서 대자보를 응시하고 있었다. 그녀는 입을 굳게 다물고 있었다. 그 순간 나는 무엇인가에 홀린 듯 삭발한 청년에게로 고개를 돌려 버렸다. 얼굴을 잔뜩 일그러뜨리고 있는 그가 보였다. 그는 SNS에서 내 동기들과 함께 무리 지어 움직이는 학생이었다. 나와 눈인사를 몇 번이고 나눴던 사람. 그의 얼굴이 일그러져 있었던 건 사실 내리쬐는 정오의 햇볕 때문이었겠지만 내겐 그 일그러짐이 세상과 홀로 싸우는 서러움으로 기억된다.

나는 서둘러 고개를 돌려 버렸다.

나를 봤을까. 이번엔 그의 시선이 내 뒤통수에 꽂히고 있는 것 같았다. 나는 그저 그와 몇 발자국 떨어져 있을 뿐인데, 그로부터 매서운 바람이 불어와 나를 밀어내고 있었다.

그 바람은…… 그에게 마음속 응원 한마디 건네지 못하는 나에 대한 실망이었을까? 아니다, 실망이라기보다는 냉혹한 현실에 굴종屈從해 버린 나의 두려움이었다. 그에게 다가가 눈을 마주치고, 다 잘될 거라는 응원을 건넬 자신이 없었다. 그들이 나와 같은 학생이었기에 그들을 응원해 왔지만, 사실 그들이 쟁취하고자 하는 것들이 저런 소수의 인원으로는 실현 불가능하다고 판단하고 있었다. 나의 진실은 그런 것이었다.

그의 시선에서 완전히 벗어났을 때도 마음이 찝찝했다.

그는 오리 떼를 벗어나려는 백조가 아니었을까. 그들은 이미 냉정한 현실을 알면서도 저항하고 있는 게 아닐까. 그 모습이 치기 어린 청춘의 한때 같아 보인다 해도. 그들은 온전한 가치를 찾아 헤매고 있는 게 아닐까. 그런데 나는 내가 불완전한 존재라는 것을 불안해하며, 오리 떼 속에 숨어 그들을 관망하고 있었다. 어디 한번 해 봐,라는 태도로.

중앙도서관을 지나쳐 경상대학 앞에 있는 자판기에 담당 기사가 음료를 채우고 있었다. 난 그의 뒤편에서 가만히 기다렸다. 그가 자판기 앞판을 덮고, 잠금장치에 열쇠를 꽂고 돌리자 마자, 나는 자판기 단말기에 카드를 대고 레몬워터를 하나 뽑아들었다. 대자보를 들고 있을 그에게 건네줄 생각이었다.

다시 로터리로 거슬러 올라가는 길이 이렇게 멀게 느껴질 수 있다니. 단숨에 오르내릴 거리를 십 분에 걸쳐 올랐다. 어떤 말을 건네야 할까? 레몬워터를 발치에 내려놓고, 다음에 봬요, 하고 돌아설까. 아니면 목례를 할까. 괜히 입이 말라왔다. 이내 그의 머리가 시야에 들어오기 시작했다.

가까이서 그의 얼굴을 마주했을 때 그는 굉장히 수척해 보였다. 입술은 보랏빛에, 눈 밑으로 짙은 다크서클이 드리워져 있었다. 나는 놀란 기색을 숨기며 계획대로 그의 발치에 레몬워터를 내려놓았다. 이미 뜯지 않은 생수 두세 병이 놓여 있었다. 이제 다음에 봬요,라는 한마디만…….

아, 감사합니다. 근데 제가 단식 중이어서 물 이외의 것을 못 먹어서요.

단식? 생각지도 못한 대답이었다. 당황스러웠지만 나는 그에게 대꾸해야만 했다.

아……. 이건 레몬워터예요. 그냥 소금물이라고 생각하면 돼요.

소금물이라니. 언제인가 뉴스에서 단식 중인 사람이 며칠째 물과 소금만 먹는다는 내용이 떠올라서였다.

힘내세요, 다음에 봬요…….

그때 중얼거리며 돌아서는 내게, 그가 뭐라고 말했는지 떠오르지 않는다.

나는 맥이 빠진 채 후문으로 향했다. 내겐 강렬한 파문으로 일었던 레몬워터 사건이 그의 각오에 비하면 보잘것없이 느껴졌다. 뭐, 모든 것이 상대적이긴 하지만. 그 간단한 격려가 이렇게 망설일 일이었나, 싶었다. 휴대폰으로 버스 시간을 확인했다. 한참 남았구나, 걸음이 자연스레 느긋해졌다. 그 많던 학생들도 전부 사라져 버렸다. 로터리에서 이어지는 내리막길, 중앙도서관……. 경상대학, 종합강의동……. 길이 텅 비어 있었다. 학교가 이렇게 넓었나 싶었다. 마지막으로 종합강의동을 벗어나 완만하게 휘어 돌아가는 내리막을 걷고 있는데, 저만치 밑에 가드레일을 흐르는 노란 물결.

아! 개나리가 만발해 있었다. 입춘이 한 달을 지났어도 봄이 온 줄 실감 못 하겠더니. 후문 아래 등산로 쪽으로는 완연한 봄이 왔다. 아직 앙상한 나무들 사이에서 개나리가 샛노랗게 파도치고 있었다. 그래, 이 길은 작년 이맘때도 이렇게 화사했었지. 봄이 묵묵히 다가오고 있다는 걸 말로만 아는 척했다. 자세히 보니 앙상해 보이는 나무들도 봉오리가 맺혀 있다. 다음 주면 벚꽃이 만개하겠구나. 가지들이 봉오리를 터트릴 준비를 하느라 재잘재잘 바빠 보였다.

개나리 행렬 끄트머리에 웬걸, 키 작은 벚꽃나무가 혼자서 하얗게 만개해 있었다. 그 모습에 픽- 하고 웃어버렸다. 오리 떼 사이에서 자기는 백조라고 하얀 죽지를 힘껏 들어 올리고 있었다. 나는 슬며시 인도를 벗어나, 마른 잔디 위로 걸었다. 우묵히 꺼지는 발에 잔디가 감겨 올라왔다.

백색왜성의 꿈

아버지가 된 소년과 그의 소중함에 관하여

° 김용현

백색왜성은 위대한 별들의 마지막 종착지다. 별은 소멸의 과정을 거치며 자신이 만들어낸 물질을 우주 공간으로 내보낸다. 이것은 행성의 구성 물질이 되기도 하고 생명체의 구성 성분이 되기도 한다. 오랜 여정의 마지막 단계에 이르러 별은 백색왜성이 된다. 그리곤 천천히 식어가다가 마침내 빛을 내지 못하는 암체로 그 일생을 마감한다.

— 「별의 죽음에 관하여」, 한스 베테Hans Bethe

빨래를 하려 무심코 집어 든 아버지의 낡은 양복 주머니에는 언제부터인가 바지만큼이나 구겨진 복권 몇 장이 들어 있었다. 아버지의 빚과 퇴직을 안 것은 그 후로 몇 달이 더 지나서다. 한동안 어두운 표정이시던 어머니는 이곳저곳을 다녀보시고는 아무 말이 없어졌다. 느그 아부지 그래도 저 좋자고 쓴 돈은 한 푼도 없더라. 그러곤 어머니는 그저 아버지의 곁에 앉아 담담히 침묵을 지켰다.

나야 아무 말없이 헤헤 웃고 말았지만 그래도 이따금 문득문득 아버지의 복권들이 떠오르곤 했다. 평생 근면 성실을 미덕으로 여기며 살아온 당신은 그동안 매주 어떤 마음으로 홀로 복권을 사 맞춰 보았던 것일까. 한 번도 기대한 적 없던 요행을 바라며 아버지는 그것으로 대체 무엇을 사고 싶었던 것일까.

우리 집 안방 침대 옆에는 작은 밥상 하나가 놓여 있었다. 내 방에 있는 크고 편안한 책상과 달리 작고 낡은 그것에서 아버지는 틈틈이 책도 읽고 사무를 보았다. 이따금 보면 아버지는 수첩에 뭔가를 열심히 쓰고 있었다. 매해 새로 사곤 했던 내 다이어리와 달리 회사에서 받아 온 '○○은행'이 적힌 수첩에. 그리고 책과 서류는 밥상에 그대로 올려두어도, 유독 그 수첩만은 서랍 속에 넣어 두었다.

아버지가 자리를 비운 틈을 타 서랍을 열고 수첩을 몰래 들추어 보았다. 아버지의 크고 작은 일상들. 자식에 관한 고민, 옛 친구들의 안부, 삶의 고단함과 아쉬움 등 유달리 말이 없던 당신의 생각이 수첩 빼곡히 적혀 있었다. 아버지는 자신만의 방식으로 스스로와 대면하고 있었던 것이다. 그날부터 나는 이따금 그 노트를 몰래 읽었다. 그리고 아버지에게서 인생에 관한 두려움과 희망, 또는 실망감의 흔적들을 발견하였다. 완벽한 줄 알았던 당신 역시 고독하고 불안했음을 목도한 순간이었다.

아버지가 퇴직한 정확한 날짜를 나는 수첩을 보며 처음 알 수 있었다. 빨간색 펜으로 표시된 그 날짜에는 퇴직금 액수가 꼼꼼히 적혀 있었다. 그리곤 펜으로 찍찍 그어 몇 페이지를 넘어가도록 고민한 흔적들. 마지막 페이지에는 생선 살 발라내듯 살뜰히 쪼개진 퇴직금의 사용처가 적혀 있었다. '반절로 우선 상환할 것', '어머니 건강검진 비용', '어머니 용돈', '생활비', '아내 생일', '아들 등록금 납부일'.

가장 사적인 곳에서조차 결국 아버지의 불안과 걱정은 대부분 당신 스스로보다 가족들을 향하고 있었다. 어머니의 건강에 관한 걱정, 아내에 대한 미안함, 아들을 향한 책임감. 아버지가 어려움 속에 평생을 거들떠보지도 않았던 종이 쪼가리에 희망을 걸었던 것은 그가 지키고 싶었던 소중함이 자신이 아닌 타인을 향해 있었기 때문이다. 복권으로 아버지는 수첩에 밑줄이 잔뜩 쳐져 있던 '아들 등록금'이 갖고 싶었고 몇 번을 메모해 둔 '아내 생일'을 사고 싶어 했다.

차츰 아버지 역시 아버지로 태어나지 않았음을 곱씹게 된다. 시간을 거슬러 오르면 그곳에는 아버지가 아닌 자그마한 소년만 있을 터였다. 그리고 그 작은 소년에게는 그저 지금만이 있었을 것이다. 그 오래전의 '지금'들은 매일의 아침과 저녁이 아직 놀라움으로 가득할 무렵에는 즐거움이었다. 그러나 점차 시간이 흘러들어가며 채색이 바랬고 그것들은 기억으로 변해 소년의 곁에 자리했다. 첫눈, 첫 자전거, 첫사랑, 첫 친구. 그렇게 입에 굴리고픈 처음이라는 달콤한 단어들이 기억으로 변하며 어깨 위에 소복이 쌓여 그는 키가 자랐다. 그리고 더 이상 그의 어깨가 새로움을 감당하기 어려워진 나이에 이르러서는 또 다른 '지금'들이 그의 얼굴 위에 주름으로 생채기를 내며 흘러내렸다.

무엇이 소년을 어른으로, 또 아버지로 만드는가에 대해 곰곰이 생각하게 된다. 아주 어릴 적 할아버지께서 돌아가시고 나서 할머니께서 적적하실까 두려워했던 가족들 덕에 한동안 할머니 댁에 머무른 적이 있다. 집 이곳저곳을 헤집고 다니다 다락방 한편에서 낡은 기타를 보았다. 할머니 이건 뭐야? 으이 너거 아부지 옛날에 매일 바다에 가 기타 치는 마도로스가 되고 싶다 했디야. 그러고 보면 옛 사진 수북한 할머니 댁 앨범에는 지금의 나와 많이 닮은 소년이 기타를 늘 품에 안고 서 있었다.

그렇지만 지금에 와 수첩에 빼곡히 들어찬 메모와 낙서 어디에도 배나 기타는 없었다. 어쩌면 당시 어린 내가 봤던 것은 그저 낡고 줄 끊어진 기타가 아니었을지 모른다. 그것은 아버지가 그 옛날 어디쯤엔가 두고 온 소중했던 꿈의 조각이었을 것이다.

스물여섯 먹은 내가 학교를 돌아다니는 새내기들을 보고 아직 크게 다를 게 없다는 생각을 종종 하듯, 아버지의 생은 기타 치고 노래하기 좋아했던 소년과 단절적이지 않을 터였다. 아버지라는 보편적 위대함 아래 당신 역시 나와 크게 다를 바가 없었을진데. 당신에게 역시 소중히 품었던 당신만의 꿈이, 희망이 있었을 것이다.

소년에게는 그저 어느 순간부터 지켜야 할 게 생긴 것이다. 수첩에 잔뜩 메모해 놓은 그것들. 자신의 소중한 것이 그것들로 바뀌어 가며 소년은 기타를 내려놓았고 아버지의 은하에는 새 행성들이 들어찼다. 그래서 어느샌가부터 내색하지 않음에 익숙해져 슬플 때면 헛기침을 하게 되었고 두려울 때면 무표정을 지켰다. 아무 연습 없이 닥친 위기 앞에 서툴게나마 최선을 다하려 했다. 괜찮은 체를 잘하게 되었고 그렇게 가지고 싶은 것들이 점점 줄어들며 아버지는 끊임없이 가족을 중심에 두고 공전했다. 타인을 중심으로 공전하여 더 이상 스스로를 축으로 자전할 힘을 잃은 별처럼 그렇게 소년은 아버지가 되어 갔다.

집은 서서히 안정을 찾았다. 없는 것은 없는 대로, 그리고 필요한 것은 아껴가며. 어머니는 일을 나갔고 나는 아르바이트를 하나 더 해야 했다. 새로 생긴 빈곤은 제법 많고 넉넉한 편이라 가족들이 모두 나누어 짊어졌지만 여전히 꽤 무게가 나갔다.

아버지는 그것들에 대해 별다른 말이 없었다. 다만 그전보다 더 일찍 일어나 집을 나섰고 더 늦은 시간이 되어서야 돌아왔다. 꼭 본래 자신이 늘 지탱해 온 짐을 조금 나눈 것에 대한 사죄를 하는 것 같다는 기분이 들었다. 그 외에 크게 변한 것은 없었다. 그렇게 시간이 조금 더 흘러 우리 가족은 꽤 많은 궁핍을 덜어 냈고 더 이상 아버지의 주머니에서 구겨진 복권들은 나오지 않았다.

이제 나는 조금 더 씁쓸해지고 만다. 아버지 복권의 목적이, 그리고 그가 소중히 여기는 것들이 명확해진 탓이다. 힘겹게 빚을 털어 내고 아버지는 일을 그만두었다. 그리고 갑작스레 당신에게 주어진 많은 시간에 어찌할 바를 모르는 듯했다. 집을 비우는 일은 적었다. 이따금 친구들을 만날 때면 아이처럼 웃으며 집에 돌아왔다. 내가 집에 돌아올 때면 방에서 굳이 나와 엷은 미소를 띠며 맞이해 주었다. 대개의 시간은 티브이를 친구 삼아 하루를 마감했다. 누구보다 바쁘게 빛나야 했던 아버지는 꼭 서서히 식어가는 백색왜성이 되어 버린 듯했다. 비추어야 했던 것들이 스스로 빛을 낼 수 있게 되자 아버지는 아주 가만히 옅어져 갔다.

어릴 적 다녔던 초등학교 운동장이 이렇게 작았던가 하는 생각을 이따금 한다. 그리고 함께 밥을 먹고 먼저 일어나는 당신의 등은 또 언제부터 이렇게 작았던가. 아버지는 소년의 위대한 사랑이 다다른 마지막 종착지다. 그가 자신의 별에서 내보낸 빛들은 가족을 지탱했고 내 꿈들을 보듬어 왔다. 오랜 여정의 마지막 단계에 이르러 아버지는 서서히 빛을 잃고 백색왜성이 된다. 그리고 이제 아버지가 소중히 지켜온 어머니의 밝은 웃음과 내 청춘의 반짝거림이 어두워진 그의 별을 맴돌며 아주 오래전 잊혀 간 소년의 꿈을 위로했다.

백년슈퍼 앞 삼거리

° 민지영

나는 역리파다. 나같이 키 작고 가냘픈 여대생이 흑룡과 백호를 연상시키는 무시무시한 조직에 몸 담고 있다는 말인가?

그렇다. 나는 대단히 유서 깊고 끈끈한 유대를 자랑하는 역리파에 몸담고 있다. 역리파의 조직원은 총 세 명이며, 우리는 2005년부터 전라남도 영암군 역리 일대를 주 무대로 활동해 왔다. 우리 조직원들은 굉장히 체계적으로 거주지를 두고 있는데, 지금은 농촌인력센터로 바뀌어버린 백년슈퍼 앞 '삼(3)'거리를 기준으로 '삼(3)' 분 거리에 '세(3)' 명의 조직원이 각각 살고 있다.

또한 우리는 보다 원활하게 역리를 점령하기 위해 항상 붙어 다녔다. 사실 이것은 자발적인 선택은 아니었는데, (우리 또래의 학생들이 급격히 줄어가는 농촌 마을인) 영암에는 우리가 다닐 수 있는 초-중-고등학교가 모두 하나씩밖에 없었기 때문에 우리는 떨어질 래야 떨어질 수 없었다.

아침 7시 40분. 백년슈퍼 앞 삼거리에 축 늘어진 가방을 짊어진 똑단발 여학생이 하나-둘-셋 모이면 우리는 비로소 학교로 향했 다. 아침잠이 많았던 3번 대원은 도착 10초 전부터 '우다다다' 뜀 박질 소리를 내며 자신의 존재를 예고했고, 멋쩍은 모습이 귀여운 미소와 함께 우리에게 속삭였다. "얘들아, 미안."

오후 4시. 종례를 주례 선생님만큼 길게 하시던 나의 담임선생 님 덕분에 나머지 두 대원은 늘 우리 반 앞에서 나를 기다려야 했 고, 집에 빨리 가고 싶은 마음이 얼마나 간절한지 누구보다 잘 알 았던 나는 반장이 "차렷, 경례"를 채 다 말하기도 전에 "수고하셨 습니다!" 외치며 '우다다다' 신발장으로 달려 나갔다. 그리고 오늘 아침 대원 3번이 그랬던 것처럼 멋쩍은 표정을 하고 최대한 넉살 좋게 웃어 보이며 속삭였다. "얘들아, 미안."

학교가 끝나면 본격적으로 역리파의 활동이 시작된다. 우리는 일단 집으로 향하며 (의도치 않게) 농촌의 적막을 깨뜨리는 데 주 력한다. 각자의 반에서 있었던 해프닝이나 선생님께 꾸중들은 일, 세간의 이슈나 연예계 소식 등을 공유하며 분주하게 수다를 떤 다. 이후에는 도서관에 가서 공부를 해야 하는 시험 기간이 아니면 세 대원의 집 중 하나를 골라 방문한다. 항상 삶은 고구마와 달걀이 준비되어 있는 2번 대원의 집은 배고플 때, 우리 중에 텔레비전이 제일 좋았던 3번 대원의 집은 텔레비전을 보고 싶을 때 방문했고 우리 집은 딱히 땡기는 것 없는 날 방문해 라면을 끓여 먹곤 했다. 숙제를 하거나, 하굣길로는 부족했던 수다를 떨거나, 텔레비전을 보거나, 또는 셋을 한꺼번에 하다가 피곤해 잠이 들면 해가 지고 깜깜하게 변해버린 세상에 깜짝 놀라며 각자의 집으로 뛰어가 가족들과 저녁을 먹었다.

고등학생이 되고 나서는 학교가 밤 10시, 11시에 끝났기 때문에 역리파의 활동에 정체기가 찾아왔다. 아쉬운 대로 시험이 끝나거나 행사로 인해 학교가 빨리 마치는 날에 밀린 활동을 했다. 중학생 시절보다 십분 인상된 용돈 덕분에 우리는 덜 만나는 대신 통닭이나 피자를 시켜 먹는 사치를 부릴 수 있었다. 또한 철없던 말괄량이 시절에 나누던 시시콜콜한 이야기와 달리 대화 주제가 사뭇 진지해졌다. 이 대학은 어쩌고, 저 전공은 저쩌고, 내 성적은 이렇고, 현재 입시 추세는 저렇고……. 영암에는 입시 전문 학원이나 상담사가 없었기 때문에 역리파는 각자가 가진 정보와 조언에 기대어 우리가 마주한 거대한 그림자를 비춰 나가야 했다.

그리고 입시가 다가올수록, 눈을 뜰 때부터 다시 감을 때까지 줄곧 함께했던 우리가 곧 뿔뿔이 흩어지겠다는 것을 직감했다.

우리는 각자 다른 꿈을 그렸으며, 그 그림의 완성을 위해 각자 다른 곳으로 떠나야 했다. 그리고 그 직감이 현실이 된 지금, 우리가 가진 공통점이란 세 대원 모두 역리를 떠나, 영암을 떠나 살고 있다는 점뿐이다.

대학생이 되어 전국에 지부를 갖게 된 역리파는 이제 명절에만 만날 수 있다. 아르바이트로 돈을 버는 우리는 훨씬 덜 자주 만나는 대신에 심각한 망설임이나 지대한 결심 없이도 통닭을 사 먹을 수 있게 되었다. (심지어는 통닭과 곁들여서 맥주도 마실 수 있다!) 대학입시라는 똑같은 고민을 하던 고등학교 시절과 달리 우리는 각자 다른 이야기를 꺼내고, 맞장구를 치며 신나서 박수를 치는 대신 '그 분야는 그렇구나' 신기해하며 고개를 끄덕인다. 우리는 여전히 백년슈퍼 앞 삼거리에 모여서 활동을 시작하지만, 삼거리로 가기 위해 지나온 길이, 무척이나, 달라진 것이다.

가끔은 이 변화가 참 애석하고 원망스럽다. 나의 순박하고 정겨운 동네 친구들은 내가 무슨 말을 하든지 귀 기울여주고 따뜻한 응원의 말을 해주지만, 예전처럼 나의 일상을 온전히 이해해주지는 못할 것이다. 나 역시 나와는 너무나 다른 고민을 하는 친구들이 조금은 낯설게 느껴지며, 그들에게 100퍼센트 공감할 수 없는 내 자신이 정말이지 낯설고 미웠다. 그렇게 '우리가 이제 다른 길을 걷고 있구나'라는 생각이 들 때마다 아직은 내뱉기 이른 말인 걸 알면서도 '세월이 야속하군' 속삭이며 대체 누구를 원망해야 하는지도 모른 채 쓸쓸한 맘을 품고 다시 나의 자리로, 나의 일상으로 돌아가곤 했다.

그렇게 나의 자리에서 일상을 살던 어느 날. 아쉬운 듯 하루의 끝자락을 붙잡고 누워 이것저것 공상을 늘어놓던 어느 날. 역리파에서 철없는 행동대장을 맡고 있는 2번 대원이 단체 메시지를 보내왔다.

"뚜뚜 사랑한다 역리파."

그런 말을 하기에는 너무 막역해서, 새삼스럽게 말로 하기 낯간지러워서, 오랜 시간 동안 아무도 쉽게 하지 못한 말이었다. 특히나 그런 쑥스러운 표현은 질색하던 2번 대원이 이런 말을 하다니……

"뭐냐 갑자기~"

"그냥 갑자기 우리가 너무 대단해 보여서. 만날 때 마다 내 이야기 들어줘서 고마워."

우리는 각자 다른 길을 걷고 있었고, 그 길 사이는 너무 멀어 우리는 좀처럼 마주칠 수 없었다. 나는 그 사실이 그토록 슬펐던 것이다. 그토록 슬퍼하느라 미처 알지 못한 것이다. 가끔 쉬어가기 위해 백년슈퍼 앞 삼거리에 멈추면 '우리 모두 이 길에서 출발 했었지' 다시금 깨닫고, 서로가 지나온 길을 돌아봐주는 존재가 있다는 것을. 그들은 항상 네가 걸어온 길에는 이런 꽃이 있었구나, 이런 언덕이 있었구나, 좋았겠다, 고생했다, 잘했다고 말해주었다는 것을. 그 따뜻한 말들은 나도 모르는 새에 나의 길을 계속 걷게 하는 이유와 힘이 되었다는 것을. 나는 다시 혼자가 되어 나밖에 남지 않은 길을 가지만, 저 너머 보이지 않는 어떤 길에서 나의 친구들도 열심히 땀을 닦아가며 두 팔을 내젓고 있다는 것을.

2014년 1월 1일. 우리가 대학생이 된 해에 도로명 주소가 시행되었고, 공교롭게도 우리가 역리를 떠나는 그 해에 역리파란 이름은 역사 속으로 사라졌다.

그렇다고 한들 무엇이 달라졌겠는가?

나는 역리파다.

2018 광화문글판
대학생 에세이 공모전 대상·생명

내가 엄마에게
들려주고 싶은 이야기

° 권은진

엄마! 엄마한테 들려주고 싶은 이야기가 하나 있어. 아마 엄마도 가장 듣고 싶고 궁금해하는 이야기일 수도 있지. 그럼 이야기 시작할게.

1998년, 8월에 더운 여름.

지하철 화장실에서 한 갓난아기가 작은 생명을 버티며, 사람들이 자신을 발견해 주길 바라는 마음으로 한없이 울고 있었어. 그러다 한 아주머니에게 발견되어 경찰서에 인계되었고 경찰 아저씨는 그 아기를 천주교 재단 아동 복지시설로 보내줬어. 아기는 그곳에서 많은 도움을 통해 잘 성장하면서 시설 안에 있는 유치원도 다니고 초등학교도 다녔어.

아이는 갓난아기 때부터 늘 자신의 곁에 있어준 수녀님이 자신의 엄마라고 생각하며 성장했어. 그러던 어느 날 문득 수녀님이 자신을 낳아주신 분이 아니라는 것을 알게 되었지. 그 당시 아이에게는 너무 충격적인 일이었고 여전히 그때의 당황스러운 기분을 잊지 못한대. 하지만 아이는 슬퍼하지 않았어. 왜냐하면, 처음부터 '엄마'라는 존재를 정확히 알 수 없어서 남들이 말하는 엄마의 따뜻한 품이 무엇인지 잘 몰랐고, 모두가 자신처럼 살아가는 줄 알고 있었거든.

그리고 무엇보다 아이는 시설에서 만난 친구들과 수녀님, 선생님들이 계셨기에 혼자라는 생각을 하지 않았어. 혼자라고 외로워하기 보다는 '우리 엄마는 어디 있는 걸까'부터 '그럼 나는 누가 낳았을까'까지 정말 많은 생각을 하고 의문에 대한 답변을 찾기에 바빴지. 그렇게 성장하면서 사춘기를 겪었고, 그런 의문들이 반항으로 변하기 시작했지.

중학교 때부터 공부도 안 하고 수녀님, 선생님들 말씀도 듣지 않고 친구들과도 자주 싸웠어. 사고뭉치의 사춘기 시절을 보내고 고등학교에 입학할 무렵에 아이는 비밀의 파일을 발견하게 돼. 그 파일에는 아이가 시설에 오게 된 내용이 쓰여 있었어. 자신이 버려져서 여기에 온 것을 알게 된 아이는 많은 혼란이 왔지만 아무렇지 않은 척 웃으며 넘겨 버렸어. 원래 그런 아이였거든, 아파도 웃고 강한 척하는 그런 아이.

그때부터 아이는 자신을 낳고 버린 엄마를 원망하며 당신이 없어도 잘 살고 있다고 보여주겠다며 이를 갈고 열심히 살아가기 시작했어. 사춘기 시기엔 상상도 해보지도 못했던 전교 10등도 해보고 여러 자격증을 따며 매사에 최선을 다해왔어. 보란 듯이 성공해서 살겠다는 다짐 덕분에 아이는 고등학교까지 잘 마치고 대학에 입학했어. 물론 중간중간 고비들도 많았지만 아이는 또 태연한 척 혼자 잘 해결해 나갔지.

아이는 잘 살아가면서도 한편으론 늘 마음속에 엄마라는 존재에 대한 의문과 생각이 자리를 잡고 있었대. 대학교에 입학을 하고 사회인이 되고 여러 일들을 겪으면서 세상이 호락호락하지 않다는 것도 깨닫고 인생은 자기 뜻대로 안될 때가 있다는 것도 알게 되는 나이가 왔어.

성인이 되고 문득 엄마는 청소년기에 아이를 낳았을 거라는 사실에 '내 나이보다 한참 어렸을 때라서 생각이 나보다 어렸었겠구나! 그래서 그 두려웠던 시기를 이렇게밖에 생각할 수 없었겠지?'라고 생각하면서 마음 한 편에 있던 무거운 걱정들이 점점 가벼워졌대. 그래도 잘 성장하고 생각의 변화를 가졌다는 게 정말 대견하지 않아? 도움을 기다리며 울던 작은 생명이 성장해서 지금은 남의 입장도 생각하고 사회생활을 하는 의젓한 어른이 되었어.

요즘 그 아이는 시설에서 퇴소해 홀로서는 연습을 하고 있대. 그래서 자신과 비슷한 상황에 처한 시설 후배들에게 혼자서도 잘 살아갈 수 있다는 희망을 보여주기 위해 열심히 공부하고 봉사활동을 하면서 지내고 있다고 해. 그리고 무엇보다도 자신의 생명을 끝까지 뱃속에서 지켜주고 건강하게 낳아준 엄마에게 그래도 감사하다고 생각하며 잘 살고 있대. 여기까지가 내가 들려주고 싶은 이야기야.

그런데, 엄마 이거 알아? 아니 이미 알고 있었겠지? 이 이야기 엄마 이야기고 내 이야기라는 거. 지금까지 태어나서 단 한 번도 본 적이 없지만 이렇게라도 내 이야기를 전하고 싶었어. 어때? 나 정말 잘 컸지? 엄마도 내 이야기는 한 번쯤 궁금해하지 않을까 해서 엄마한테 이렇게 이야기를 해봤어.

그 당시에는 엄마가 너무 어려서 서툰 데다 출산과 양육이 두려워 어쩔 수 없는 선택을 한 거라고 생각하고 있을게. 하지만 난 엄마를 통해, 또 날 길러주신 시설을 통해 생명의 소중함을 너무나도 잘 알고 있어. 이 생명의 소중함을 엄마도 함께 같이 알아갔으면 좋겠다는 바람도 있어.

사실 내가 자란 시설은 천주교 재단인데 시설 설립자 신부님이 낙태 반대 운동을 많이 하셨어. 그러면서 낙태에 관련된 영상들도 접하게 됐는데 한 아기가 칼을 피해 이리저리 움직이는 것을 보면서 마음이 아팠어. 작은 생명체인데 그래도 되나 싶기도 하고, 아이를 낳는 영상도 보면서 엄마도 저렇게 날 힘들게 낳았구나, 낙태하지 않고 잘 임신해서 날 건강하게 낳아줬구나 하는 생각도 들었어. 내가 지금 건강하게 잘 지내고 있는 것도 다 엄마 덕분이라고 생각해.

엄마가 있었으면 내가 더 잘 살아갔을 수도 있었겠지만, 한편으로 내 곁에 엄마를 대신해 나를 키워준 좋은 분들이 너무 많이 계셨었어. 수녀님이나 선생님, 후원자님. 특히 내가 시설에서 합창단 활동을 했는데, 거기서 만난 선생님들과는 벌써 8년째 만나고 있고 다들 내가 감사하고 사랑하는 분들이야. 내가 힘들 때 많은 조언도 해주시고 위로도 해주고 가끔 잔소리를 많이 하시는 분도 있지만 나를 많이 걱정해주고 잘 됐으면 좋겠다는 바람에 그러신 거라고 생각하고 있어. 합창단을 하면서 많은 경험을 하고 덕분에 더 성숙해진 것 같아. 마치 하느님이 그분들을 엄마 대신 보내준 것처럼.

그리고 가끔 엄마를 이해하기 위해 미혼모에 관한 책들도 많이 봤었어. 엄마도 그런 어쩔 수 없는 상황이었을 거라고 생각해. 아직 내가 엄마 입장이 되어보지 않아 당시의 엄마를 완벽히 이해하긴 힘든 부분도 있어. 이건 우리 서로 시간이 아주 많이 필요한 부분이기도 하고. 끝까지 날 책임져주지 못한 점에 대해서 서운하기도 하지만, 엄마가 그 당시의 어려움을 딛고 나를 낳아주었기에 지금의 행복한 내가 있을 수 있는 거라고 생각해.

엄마가 어떻게 살고 있는지 잘 모르겠지만 나는 뭐 이렇게 나를 멋지고 행복하게 잘 살고 있어. 다른 사람들처럼 누구를 탓하면서 내 인생을 버리기 싫거든. 과거는 과거일 뿐, 난 엄마가 준 소중한 생명체니까.

　지금은 엄마도 행복하게 살고 있을 거라고 믿어. 혹여나 엄마가 조금 힘들게 살고 있다면 슬플 거야. 그러니까 지난 일들은 맘 편히 놓고 행복하게 지냈으면 좋겠어. 다 잊어버리고 엄마도 엄마만의 멋진 꿈을 향해 살아갔으면 해. 너무 자책하지도 말고. 나도 내 인생 행복하게 살아가고 있는 만큼 엄마도 이제 더 멋지게 살아가줘! 우리가 언제 어떤 인연으로 또 만나게 될지 모르겠지만 그땐 서로 좋은 얼굴로 만났으면 좋겠다! 그럼 그때까지 건강하게 지내. 안녕 ^^

고요한 나라에서

° 이지완

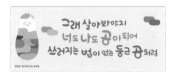

"어느 나라에서 왔어요?"

첫 마디를 떼자마자, 언제나 돌아오는 되물음. 내가 외국인이냐 하면, 아니다. 외국인 부모 밑에서 태어났냐 하면, 그것 또한 아니다. 나는 봄이면 새싹 돋아나고, 여름이면 녹음 우거지고, 가을이면 단풍 물들고, 겨울이면 눈꽃 피어나는 이 대지 위에서 태어났고, 자라 왔으며, 살아갈 것이다.

그러니 이번에는, 아주 긴 대답을 해보려 한다. 내가 온 나라에 대해.

언제부터였을까, 소리의 색이 옅어지기 시작한 것은. 아마 태어날 때부터가 아닐까 싶다. 희미하기만 한 어린 시절의 기억을 떠올러보니 그림 같기만 하다. 장면만이 스치듯 떠오를 뿐, 그 장면에 삽입되어야 할 소리 같은 것들은 모두 빠져 있어서, 그래서 그림 같은 기억들.

너는 잘 안 들려서 좋겠다는 말을 참 많이도 들었다. 듣기 싫은 건 듣지 않아도 되고 듣고 싶은 것만 들을 수 있지 않느냐는 어린아이의 순진한 망상에서 기인한 말임을 안다. 지금은 그렇다. 하지만 그때의 나는 어렸고, 그런 말 하나하나가 모두 상처가 되곤 했다. 말해주고 싶었다. 듣고 싶은 것조차도 들리지 않는 이 끝 모를 고립을 너는 아냐고. 네가 듣기 싫어하는 그 소리마저 나에게는 간절한 것이라고. 아예 아무것도 듣지 못한다면 차라리 나았을까? 그 모든 말들을 들을 수 없었다면?

찰나의 소리조차 놓치고 싶지 않아 단 한순간도 보청기를 빼본 적이 없었다. 일종의 강박 같다는 생각까지 들 정도로. 자는 순간까지도 보청기를 끼고 잘 때가 많았다. 뭐라고 말했는지 되물어보는 것이 일상이었다. 보청기를 끼고 있어도, 거의 아무것도 들리지 않는 그 막연함이란. 그 시절의 어린 나는 그렇게 불안했다. 초등학교, 중학교 내내 그런 불안의 연속이었다. 내 작은 마음 하나 머물 곳조차 없구나, 외로웠다. 그런 불안의 굴레에서 벗어나고 싶었고 생각 끝에 고등학교에는 가지 않기로 결심했다. 무언가를 더 하기에는 너무나 무서웠고 지쳤던 것 같다.

그렇게 결심하고 원래대로라면 고등학교에 입학했어야 할 때

나는 인공와우 수술을 했다. 보청기보다 훨씬 잘 들을 수 있다는 말에 더 고민하지 않았다. 하지만 어찌 장점만 있으랴. 인공와우는 보청기 같은 소리 증폭식이 아니라, 귀 뒤 머리뼈에 달팽이관 역할을 대신하는 기계를 이식하는 것이다. 보청기와 비슷한 형태의 외부기계를 내부기계와 연결해 외부기계에 들어오는 소리를 전기자극으로 변환해서 뇌로 보내는 원리이다. 그렇기에 자연 그대로의 소리는 수술을 하고 나면 다시는 들을 수 없다. 그것을 알면서도 나는 흔들리지 않았다. 돌이켜보면 아마도 수술을 하겠다는 핑계로 삶에서 도망친 것 같기도 하다. 머리에 칼을 댄다는 것은 무서웠지만 망설이기에는 평생을 안고 온 고립이 더 무서웠다. 들리지 않는 세상은 지겨웠고, 매 순간을 전전긍긍하게 만드는 나날들은 생애 의지를 수없이 꺾게 했으니까.

수술 전날 병실에서 바리깡에 내 머리카락 절반이 밀려 나가는 걸 보며 엄마는 몰래 울었다. 마음 아플까 봐 입원하기 전에 길었던 머리를 일부러 짧게 잘랐는데도 두피가 훤히 보일 만큼 빡빡 밀린 딸의 머리를 보는 엄마의 마음은 미어졌을 것이다. 마음의 무게에 비하여 언어의 무게는 한없이 가벼워 순간으로 흩어질 덧없음이었기에, 우리는 아무런 말도 하지 않았다. 오히려 담담한 쪽은 나였다. 아무래도 좋다는 생각이 들었다. 나는 살고 싶은 만큼이나 사는 것이 고단했다. 잘 살고 싶은 마음, 하지만 그렇질 못하기에 놓고 싶은 마음. 그 두 마음이 공존하던 날. 바닥에 흩어지는 머리카락들을 보며 밀려오던 허무를 잊지 못한다. 엄마의 눈물과 내 허무가 뒤섞이던 날, 그 봄날의 병실에서.

수술이 끝나고 긴 재활의 시간을 거쳐 이전보다 훨씬 선명해진 소리의 색을 갖게 되었다. 구분할 수 없었던 단어들과 도무지 알 수 없었던 목소리가 형체를 띄게 되었다. 나를 부르는 엄마의 목소리와 할머니의 목소리를 구분할 수 있게 되던 날, 나는 살아있음에 감사했다.

그리고 아이러니하게도 나는 고요를 사랑하게 되었다. '우리나라에 그토록 속하고 싶어 했던 지난날들을 뒤로하고. 그리도 간절히 듣고 싶었던 소리를 듣게 되자, 비로소 고요를 사랑할 수 있었다. 그 적막이 너무나 두려워 발버둥치던 나날들이 마치 연기처럼 흩어지는 것 같았다.

생각하기 나름이다. 정말로, 모든 것이 생각하기 나름이다. 나는 이제 다시는 자연의 소리는 들을 수 없다. 기계를 거치지 않은 진짜 자연의 소리는 모른다. 아마 평생 동안 알지 못하리라. 하지만 개의치 않는다. 잃은 것보다 더 큰 것을, 나를 부르는 사랑하는 이들의 목소리를 들을 수 있는 순간들을 얻었으니까. 이런 내 변화에 대해 누군가는 비현실적 긍정성이라고 말할 수도 있을 것이다. 〈주역〉에서는 구음과 구양에 대한 개념이 나온다. 음이 극에 달하면 양이 된다는 이야기이다. 다시 말해 이런 내 비현실적 긍정성 뒤에는 한없이 부정적인 마음들이 있었다는 뜻이다.

늘 괴로웠다. 이런 육신의 제약을 가지고 내가 뭘 할 수 있을까. 나는 왜 이런 걸까. 남들과는 다른 걸까. 평범했다면 좋았을 텐데. 남들에겐 그저 평범할 나날들이 내겐 힘들었고 들리지 않는 답답함에 숨이 막혔다. 내 부정적인 마음에 스스로 질식할 것만 같았다. 지독한 허무에 허덕이던 시절, 도무지 그 무엇도 할 수 있을 것 같지가 않았다. 영원히 끝나지 않을 것만 같은 이 고통은 언제쯤 끝이 날까.

그러다 문득 생각했다. 이 고요 또한 내게 주어진 어떤 선물이 아닐까. 언제든지 고요의 순간으로 침잠할 수 있음은. 그래, 내게 이 허무를 가져다 준 고요를 차라리 사랑해 버리자. 그토록 듣고 싶었지만 들을 수 없었기에 고요를 저주했던 나날들, 그러나 오히려 들리게 되자 비로소 사랑할 수 있게 되었던 나의 고요. 부정의 끝에 가닿고서야 깨닫는다. 절망이 어떻게 생의 희망이 되는지, 그 삶의 역설을. 어둠이 있어야 빛이 존재하는 것처럼 내 어둠을 인식하고서야 빛이 보였다.

이제 지독한 자기혐오에서 벗어나 비로소 나는 평온을 찾게 되었다. 그것은 역설적이게도 내가 그리도 벗어나고 싶어 했던 고요에서 온다. 이제는 내 마음이 쉴 곳, 나만의 고요. 그곳은 한없이 평화롭다. 마치 끝없이 펼쳐진 녹림과 그 앞을 한가로이 흐르는 호수, 그런 정경과 같이. 소란스러운 일상 속에 이리저리 흔들리다가도 소리를 끄면 나는 내 나라의 주인이 된다. 그 속에 가만히 침잠해 있자면 어떤 위로보다도 와닿는 위안이 된다.

삶의 무게가 버겁던 어린 소녀는 비로소 평온을 찾았다. 저주라고 생각했던 것이, 이제는 축복이 되었다. 마침내-살아온 모든 세월, 마음속에 가득했던 자기혐오를 비로소 보낼 수 있었다.

나의 생에, 내 영혼에 깃드는 지금의 이 평온에 감사한다. 사람들은 고요에 잠기기 위해, 평온을 찾기 위해 더러 여행을 떠나곤 한다. 하지만 나는 어디서든 고요를 꺼내 쓸 수 있다. 세상의 소요에 지칠 때 고요에 잠겨 눈을 감고 있자면, 슬며시 평온이 찾아온다. 내 영혼이 충전되는 시간이다.

연극 〈햄릿〉에서 햄릿은 이런 말을 한다.

"호두알 속에 갇혀 있어도, 나는 무한한 공간의 왕이라 여길 수 있다네."

그래, 나는 내 세계의 왕이 될 수 있었다. 이 평온한 세계에서, 이 무한한 고요에서, 나는 왕인 것을. 내 영혼이 머무는 곳, 내 지친 마음을 내려놓는 곳, 내가 자유로울 수 있게 되는 나의 나라, 고요한 나라에서.

"저는, 고요한 나라에서 왔습니다."

계절을 지키는 사람

° 최다혜

꽃 진 자리에 잎 피었다
너에게 쓰고
잎 진 자리에 새가 앉았다
너에게 쓴다

　　할아버지와 할머니는 농부셨다. 체구도 작고 깡말랐으며, 드러
나는 모든 부분이 까무잡잡한 농부. 어렸을 때 나는 '할머니'나
'할아버지'라면 모두 농부인 줄 알았다. 초등학생 때 여름방학 동
안 할머니를 뵈러 바로 옆 동네에 다녀왔다는 친구의 말에 적잖은
충격을 받은 적이 있었다. 거기에도 논밭이 있냐는 나의 질문에
친구는 "없다"고 했다. 나는 다시 한 번 충격. 그럼 농사는 어디에
서 지으시냐고 했더니 이번엔 친구가 충격을 받았다. "너희 할머
니는 농사지어?" 내가 자랑스럽게 "응!" 하고 대답하자 친구가 눈
을 반짝이며 그럼 밀짚모자도 쓰시냐고 물었다. 지금 생각해 보면
친구는 마트에서 파는 쌀 포대에 그려진 밀짚모자를 쓴 농부를
떠올린 듯싶다.

시골도, 농부도 모두 낯설어하는 친구에게 경운기와 고추를 말리는 커다란 창고, 그리고 물을 퍼 올리는 개울가까지 열심히 설명한 나는 그날 집에 가서 엄마에게 그 친구 참 안됐다는 말투로 대화를 전했다. 그러나 엄마의 반응은 내 예상 밖이었다. 엄마는 한숨을 폭 내쉬며 "농사짓는 게 좋은 건 아니지. 할머니 할아버지도 쉬시면 좋으련만"이라며 그때는 이해하지 못할 말을 했다.

그래도 나는 여름 방학이 되면 시골로 놀러 가는 게 참 재미있었다. 시골에는 아무것도 없어서 아무거나 할 수 있었다. 아침에 일어나면 개울가에서 뒷목이 새카맣게 타도록 다슬기를 잡았고, 점심을 먹은 뒤엔 어른들을 따라 밭에 나갔다. 곳곳을 쏘다니며 벌집을 구경하기도 하고 근처 약수터까지 걸어가 물을 떠먹고 오기도 했다.

그곳은 정말 시골이라 동갑내기는 없었지만 재빠른 내 뒤를 느릿하게 따라오시는 할머니 할아버지가 항상 있었다. 언제는 밤에 몰래 산책하러 나갔다가 마을에 있는 무덤 앞에 빨간 꽃다발이 있는 걸 본 적이 있다. 곧바로 야행을 접고 집으로 돌아가 어른들에게 말하니 아무도 믿지 않았고, 결국 내 손에 이끌려 나온 친구는 할아버지뿐이었다. 그런데 길어야 30분도 안 흘렀을 그 시간 사이에 빨간 꽃다발은 눈을 씻고 찾아봐도 없었다. 괜히 덜컥 겁을 먹은 나는 비 맞은 다람쥐처럼 오들오들 떨어 댔는데, 할아버지는 그런 나를 달래며 집까지 업고 느릿느릿 돌아왔다. 괜찮다,

고마 괜찮다, 네가 순수해서 무덤 주인의 마음을 본 모양이라고, 괜찮다고…….

내 어린 시절을 반짝이는 것들로 채워준 시골, 그리고 그 시골에 사는 할머니 할아버지는 계절을 지키는 사람들이었다. 그건 두 분이 계절을 이끌어 나가는 생명을 짓는 농부들이었기에 가능한 일이었다. 여름에는 작고 까무잡잡하지만 용맹한 군인 같았고, 가을을 맞이할 때면 1년을 공들인 농작물을 지키기 위해 더욱 열을 올렸다. 일찍 수확을 마친 옥수수를 잊지 않고 서울로 보내 주시며 가끔 승전보를 알려왔다. 그렇게 치열한 여름과 가을을 보낸 두 분은 겨울에는 우리 집에서 몇 주 쉬고 가셨는데, 까맣게 타오른 얼굴은 쉬시는 내내 좀처럼 하얗게 될 기미가 보이지 않았다. 그러면 우리 집으로 찾아온 고모들을 포함한 모든 '어른'들이 이제 다음 해에는 농사를 줄이라고, 줄이라고 열렬한 공격을 퍼부었다. 적어도 어린 내 눈에는 그리 보였다.

할머니 할아버지가 시골에서 가방 가득히 가지고 오신 밤은 겨울 내내 내가 굴러다니면서 까먹는 간식이었다. 나는 그 밤을 포동포동해질 때까지 까먹으며 그저 두 농부가 지키는 모든 것들이 좋다고 생각했다. 서울의 수박은 시원했으나, 여름에 시골로 찾아가 막 따먹는 수박은 따뜻했다. 서울의 가을은 뭐가 그리 급한지 이제 곧 연말이라며 서두르기만 했으나 시골의 가을은 느긋하게 노랗게 황금빛으로 물들었다. 그리고 겨울. 잠시 논과 밭을 포근하게 잠재운 군인들은 몇 주간의 휴식을 끝으로 다시 돌아갔다. 다시 찾아오는 봄을 맞이하기 위해서다.

고등학생이 됐을 때의 나는 제법 '어른' 흉내를 내며 할머니 할아버지에게 이제 농사를 줄이시라고 말하는 단계까지 오게 되었다. 그래도 묵묵히 농사를 짓는 두 분을 보면서 나는 참 꼬장꼬장하시다는 생각까지 했었던 것 같다. 그렇게 나는 정말 '어른' 딱지를 달 수 있는 대학생이 됐다.

세월은 나에게만 흐른 것이 아니기에 용맹한 전투를 벌여온 두 군인 역시 노쇠해졌다. 이제는 누가 말리지 않아도 힘에 부쳐 농사를 서서히 접어가고 있었고, 그렇게 계절을 지키는 분들이 힘을 잃자 나는 봄이 무엇인지 모르겠다는 생각을 했다. 다가오는 개강과 그에 맞춰서 짜야 할 학점 계획들, 그리고 봄옷을 굳이 사야 하는지와 같은 시시콜콜한 생각을 하면서 흐릿한 봄을 보내고 있었던 것 같다. 그맘때 버티고 버티시던 할머니 할아버지께서 건강 문제로 서울에 올라오셨고, 나는 두 분이 떠난 시골집을 정리하기 위해 어른들과 함께 시골로 내려갔다.

나도 나름 '어른'이어서 시골로 내려가는 자동차에서 내내 "그러게 진작에 접고 올라 오셨어야 했다", "아버지가 보통 고집이냐", "무리하셨다"는 대화들을 알아듣고 그럭저럭 참여도 할 수 있었다. 하지만 막상 시골집에 도착했을 때 할 수 있는 게 없었다. 나는 다시 한 번 어릴 적 어른들과 함께 밭에 갔을 때 깍두기가 되었던 모양새로, '어른들'로부터 떨어져 나와 시골집 안을 빙빙 돌았다. 낡은 서랍을 뒤적이다 할아버지의 필체가 고스란히 남아 있는 수첩을 발견한 것도 그때였다. 아빠에게 수첩을 보여 주자 그건 그냥 거기에 두라고 했다. 아빠는 병원에 입원하실 분들의 옷가지와 실용적인 물품을 챙기느라 바쁜 탓이었다.

그 수첩은 봄 수첩이었는데, 할아버지가 매년 농사를 지을 때 필요한 품종들을 정리한 기록이었다. 고추 품종부터 벼 품종, 그리고 필요한 비료들이 수첩 안에 차곡차곡 쌓여 있었다. 매년 숫자는 줄거나 늘었으나 그 폭은 크지 않았다. 문득 중학생 시절 할아버지에게 농사가 지겹지 않느냐고 물었던 기억이 났다. 할아버지는 그저 "농사꾼은 농사를 지어야 하는기지"라고 답하셨다. 내가 그래도 너무 힘들지 않느냐고 묻자 "하늘에 맡기는 일이라 제일 편타"라며 웃으셨다. 애매하게 나이를 먹어가던 내가 '어른' 흉내를 내며 태풍 와도 힘들고, 폭염이 와도 힘들고, 막상 농사가 잘되어도 모두 다 잘돼서 가격 떨어지면 실망스럽지 않느냐고 중얼대자 할아버지는 "그라믄 다시 하면 되제. 올해 힘들면 내년에 잘 될 것이고, 내년이 힘들면 그 후년은 좀 낫것제"라고 웃으며 잘 깎은 생밤을 쥐어 주셨다. 그게 이런 의미였구나. 묵묵하게 할아버지의 봄 계획을 받아 낸 손바닥만 한 수첩이 묵직하게 느껴졌다. 나는 그 수첩을 서랍 안에 두지 않고 내 가방 안에 넣었다. 봄의 가치를 가져가기 위해서였다.

그 후로도 나는 가끔 봄이 무디게 느껴지고, 여름이 지루하게 느껴지고, 그리고 가을이 그저 연말을 기다리는 애매한 순간으로 여겨진다거나, 겨울이 무심한 마침표로 느껴지면 수첩을 꺼내서 읽어 본다. 계절을 지키는 자들의 치열한 열기가 담겨 있는 듯해 보고 있으면 끊임없이 돌고 도는 이 순간들이 살아 있다고 느껴지기 때문이다.

어린 시절 바라봤던 '어른'이 되면서 그 과정 속 스스로를 갈기갈기 찢어 바닥에 내버리고 싶은 순간들이 너무나도 많음을 알게 되었다. 거창한 시련이 없더라도 손끝을 찌르는 작은 가시마저도 한없이 아프게 느껴진다는 것 역시. 하지만 내가 봐도 이 아픔을 남에게 울부짖기에는 사소한 일인 것 같아 그저 속으로 잘게 씹어 삼키는 순간들이 오면 가만히 눈을 감고 봄이 담긴 수첩을 생각한다. 다시, 하면 된다. 다시 하면, 된다. 그렇게 다시 한 번. 이번이 엉망이더라도 다시.

계절을 지키는 군인들은 명예로운 은퇴를 했고 나는 그분들이 남긴 가치를, 변치 않는 봄을 품고 살아가고 있다. 끝이 나지 않을 것 같은 괴로운 과정 속에서는 끝을 바라고, 막상 끝이 닥치면 다시 시작하고 싶어 손을 털고 일어나는 아이러니와 함께 하는 것이 '어른'에서 어른이 되는 것이라 생각하며 나는 계절을 지키는 사람이 되어 보려고 한다. 내가 그날 잠들어 있는 시골집, 낡은 서랍 속에서 가지고 온 봄의 가치와 함께.

우리 곁에, 광화문글판

광화문글판이
새 옷을 갈아입기까지

문안 선정

광화문글판은 도심을 바쁘게 오가는 사람들에게 잠시나마 휴식을 선사하는 가로수처럼 1년에 4차례, 계절마다 옷을 갈아입는다. 보다 많은 시민들이 위안을 얻고 공감할 수 있도록 시인, 소설가, 문학평론가, 언론인 등으로 구성된 '광화문글판 문안선정위원회'는 새 옷을 만들기 위한 옷감을 고르는 역할을 한다.

먼저 선정위원이 각자 발굴한 글귀와 교보생명 홈페이지 등에서 시민이 응모한 글귀를 종합 심의해 두 편의 최종후보작을 선정한다. 이 과정에서 여러 차례의 투표와 토론이 이루어진다. 최종후보작은 다시 교보생명 임직원과 전국 브랜드 통신원을 대상으로

272

설문조사를 거쳐 가장 많은 지지를 얻은 글귀가 최종 낙점된다.

그렇다면 어떤 글귀가 광화문글판에 걸리는 것일까? 사실 특별히 명문화된 규정은 없다. 시·소설·수필 등의 문학작품부터 영화대사·명언·노래가사에 이르기까지 '좋은 글'이라면 광화문글판을 장식할 수 있다. 다만 길 건너편에서도 한눈에 들어올 만큼 큰 글자여야 하므로, 25자 안팎이라는 분량의 제한이 있다. 마음의 휴식과 생활의 자양이 되는 정감 어린 내용에 길어야 30자 이내여야 하는 글귀를 찾다 보니 아무래도 시가 자주 선정된다.

한 가지 재미있는 것은 광화문글판이 오랫동안 '불법옥외광고물' 시비에 휘말렸다는 점이다. 서울 시내 건물의 옥외광고물은 구청조례에 의해 엄격하게 규제받는데, 교보생명도 글판 때문에 몇 차례 경고를 받았다.

그런데 순수한 시구 위주로 글판 내용이 바뀌고 '교보생명'이라는 기업체 이름까지 넣지 않게 되면서 광화문글판은 교보생명의 것이 아니라 시민의 것이라는 인식이 생겼다. 구청은 2007년 드디어 광화문글판의 공익성을 인정해 단속하지 않기로 입장을 정했다.

글판 디자인

최종적으로 문안이 확정되면 디자인 전문가에게 새 글판 디자

273

인을 의뢰한다. 어렵게 고른 옷감을 재단하고 바느질해 아름다운 옷을 만드는 단계라고 할 수 있다. 광화문글판에 본격적으로 디자인이라는 개념이 적용된 것은 2004년이다. 문안이 단순한 글귀에서 보고, 느끼고, 사색할 수 있는 하나의 예술작품으로 거듭나기를 바라는 고민의 결과인 것이다.

디자인 작업은 시작부터 치열하다. 여러 디자이너들이 2주에서 3주 동안 글판 디자인 작업에만 매달린다. 글귀를 곱씹으며 의미를 깨닫는 시간부터, 글자 한 자 한 자의 크기와 글자 사이의 조형성을 탐구하는 시간, 자간과 행간까지 고려하며 절대적인 아름다움을 찾는 시간 등이 전투처럼 펼쳐진다. 이 과정이 지나면 글자에 생명을 불어넣는 작업이 본격적으로 시작된다. 디자이너가 직접 그림을 그리고 글자를 쓰기도 하고, 글귀의 감성을 더욱 잘 살려줄 예술가를 찾아 작품을 의뢰하기도 한다. 변하지 않는 것은 이전에는 시도해보지 않았던, 또는 물리적인 제약으로 실현할 수 없었던, 그래서 지금껏 세상에 없었던 아이디어를 찾기 위해 애쓴다는 사실이다.

이러한 과정을 거치다 보면 적어도 열흘의 시간이 흘러간다. 그리고 완성된 시안은 보통 30~40종. 이때부터는 아트디렉터가 다시 한번 글귀의 느낌을 고려하여 시각적 아름다움과 대중의 마음을 움직일 수 있는 '착하고 공감을 이끌어내는' 시안을 골라내고 새로운 시안을 추가하기도 한다. 이 과정을 여러 번 반복하면서 2~3종의 후보 시안을 추려낸다. 마지막으로 교보생명 담당자 등과 협의해 최종 시안을 확정하는 것으로 디자인 과정은 마무리된다.

제작 및 설치

마음에 드는 옷을 만들었으니 이제는 입을 차례다. 광화문글판은 전국 4개의 글판 모두 똑같은 디자인으로 제작된다. '플랙스'라는 합성수지 천에 출력하는데 서울 광화문 교보생명 본사 사옥에 걸리는 글판의 경우 신문지 800배 크기로, 글씨 크기만 해도 초등학생 키와 맞먹는다. 때문에 출력용으로는 국내에서 가장 큰 '가로 5m 컬러 프린터'로 4.2m 원단 두 폭에 나눠 출력한다. 이 작업에만 5시간이 소요된다. 두 장의 원단은 고주파 작업으로 접합해 하나로 완성한다.

이제 본격적인 설치 작업이 시작된다. 4층 높이의 대형 크레인 두 대에 작업자가 각각 두 명씩 올라타 벽면의 목재 프레임에 출력된 천을 고정한다. 광화문 사옥의 경우 4~5시간이 소요된다.

한 가지 신경 써야 할 점은 계절에 따라 글판을 설치하는 시간을 달리 해야 한다는 것이다. 합성 재질의 천은 열을 받으면 말랑말랑해지는 성질이 있어, 햇빛을 받으면 천이 늘어나고 햇빛이 없으면 천이 수축한다. 일조량의 차이가 큰 겨울과 봄의 경우 저녁에 설치를 시작하면 아무리 천을 팽팽하게 당겨도 낮이 되면 천이 늘어나 우는 듯한 현상을 보인다. 따라서 겨울과 봄에는 주로 낮에 글판을 설치하고 여름과 가을에는 저녁에 설치한다.

삶의 한 문장 - 내 마음 속 광화문글판

김*월 님

"여보, 다음 달부터 휴직이야. 회사 사정이 더 안 좋으면 실직할 수도 있고……."
얼마 전 남편이 긴 한숨을 쉬며 풀죽은 목소리로 저에게 전한 소식이었어요.
'쿵' 하고 마음이 요동쳤지만 "괜찮아, 여보. 요즘 코로나19로 다들 어렵잖아. 아
직 젊으니 뭐든 할 수 있을 거야" 하고 위로했네요. 늘 광화문글판에서 위로와
격려를 받았지만, 특히 이번 글판은 더 공감이 가고 위로를 받았습니다.
'씨앗처럼 정지하라. 꽃은 멈춤의 힘으로 피어난다.'
25년 동안 성실히 일했던 남편이 조금 쉬어가며 힘을 얻으리라 믿습니다. 아자!

심*애 님

안녕하세요. 저는 대한민국의 흔한 취준생입니다. 수없이 많은 회사에 서류를
넣었고, 그날도 겨우 연락을 받은 회사에서 시원찮은 면접을 보고 돌아오는 길
이었어요. 부모님의 오랜 기대가 이어지고, 두드려도 열리지 않는 취업문에 제가
너무 지쳐 있었습니다.
면접 후 집으로 가는 길, 월세와 통신비 같은 이름들이 머리에 스쳐 지나갈 때
청승맞게 버스 안에서 눈물이 고이더군요. 둥근 눈물이 똑 떨어질 때 광화문글
판이 눈에 들어왔습니다. '그래, 살아 봐야지. 쓰러지는 법이 없는 둥근 공처럼'
이라는 문구를 보는데 위로가 엄청 되었습니다. 용기의 글판 감사합니다!

박*희 님

'흔들리지 않고 피는 꽃이 어디 있으랴'
유년 시절, 가난 때문에 꿈과 희망 대신 하루하루 견뎌내는 게 전부였고 부모님
의 정서적 학대로 불행했습니다. 내일을 꿈꾸는 것조차 사치였던 20대 아직 젊
은 날, 광화문글판의 이 글귀를 보고 삶을 포기하고픈 마음을 다잡았습니다.
겉으로 드러내지 않을 뿐 누구에게나 이겨내야 할 상처와 위기가 있겠죠. 껍질

을 깨고 나올 때의 고통을 견뎌야 푸릇한 새싹이 움트고 꽃을 피우듯, 우리네 인생은 결국 아름다운 순간을 맺을 것이라는 믿음으로 지금은 잔잔하고 행복한 오늘을 느끼며 삽니다.

황*용 님

'삶이란 나 아닌 그 누구에게 기꺼이 연탄 한 장 되는 것.'
제게 그 누구는 세상에 하나뿐인 우리 아들입니다. 아이가 태어났을 때만 해도 가족을 위해 희생만 하시던 아버지처럼 살지 않겠다고 허세를 부렸는데……. 아이가 한 살, 두 살 나이를 먹어가면서 저를 닮아가고 제 행동을 따라하는 모습을 보며 어느샌가 저도 내 자식을 위해선 어떤 희생도 마다하지 않을 것 같은 무언의 책임감이 생기더군요. 아이를 키우면서 진정한 어른이 되고 그렇게 아버지가 되어 가는 것 같습니다.

여*숙 님

네 살 된 손자에게 처음 들려준 시가 나태주 님의 <풀꽃>이었습니다. 그리고 윤동주 님의 <호주머니>라는 광화문글판이 생각나서 손자에게 잘 때마다 들려주고 따라하게 하였지요. 어느 날 딸아이가 손자와 교보생명 맞은편 쪽으로 걸어가는데 갑자기 손자가 광화문글판을 가리키면서 "엄마 저거 호주머니예요" 하면서 "넣을 것 없어 걱정이던 호주머니는 겨울만 되면 주먹 두 개 갑북갑북" 하더랍니다. 그 모습이 신통해 글판이 바뀔 때마다 들려주고 있답니다.

이*영 님

장애를 가지고 세상에 나와 비장애인 틈에 섞여서 꿈을 이루어 나간다는 건 죽을 만큼 힘든 일이죠. 때때로 세상에 상처받으면서도 가끔 따뜻한 이웃들에게서 위로와 용기를 얻으며 제가 원하는 길을 쉬지 않고 천천히 걸어갔어요. 그때 올려다본 하늘 어딘가에서 광화문글판의 문구를 봤어요. 마음을 다잡고 끝까지 포기하지 않고 당당하게 세상 속으로 힘찬 발걸음을 내디딘 순간 절망의 끝에서 기적처럼 제 꿈이 단단하게 영글어 있는 걸 보았죠. 광화문글판은 고단한 삶의 한 자락에서 잠시 쉬어가는 간이역처럼 위로와 용기를 주는 소중한 친구

같은 존재예요.

강*섭 님

직장 내 괴롭힘을 당하고 자존감이 많이 떨어져 결국 퇴사했습니다. 퇴사한 날 집으로 가는 버스에서 눈물이 날 것 같아 창밖을 바라보며 눈물을 참았습니다. 그런데 신호가 걸린 틈에 광화문글판을 보았고 집에 가서 한참 울었어요. 자존 감이 떨어져 있고 나는 쓸모없는 인간이구나 하고 생각이 들 무렵 존재에 대한 소중함을 담은 문구를 보니 저를 위로해주는 기분이어서 울컥했습니다. 지금은 잘 극복하고 행복하게 살고 있고 가끔 광화문에 갈 일이 있으면 꼭 사진으로 남 겨요.

김*숙 님

갑작스럽게 친정엄마가 뇌경색으로 쓰러져 움직이지도 못하고 말도 못하게 되 셨어요. 늘 고생만 한 엄마에게 속상한 마음에 따뜻한 말 한마디 못하고 퉁명스 러운 딸이었던 것이 후회만 되고 죄송스러울 뿐이었어요. 그러다 우연히 광화문 글판의 예쁜 글을 보고 와서 엄마 얼굴을 찬찬히 쳐다보니 우리 엄마가 얼마나 예뻤는지. 오롯이 엄마와 둘만 보낼 수 있는 지금 이 시간이 얼마나 감사한 일인 지 새삼 행복하게 느껴졌습니다. 엄마에게 그날 본 예쁜 글을 전해주며 엄마도 참 예쁘다고 한참을 말해주었습니다.

이*리 님

대추가 익기 전처럼 푸릇푸릇 앳된 얼굴에 설렘을 가지고 입사를 하던 제가 떠 오릅니다. 뭐든 시켜만 주면 다 해낼 수 있을 것 같았지만 설렘만 가지고는 감 당하기 어렵더군요. 수많은 시행착오와 역경을 겪었습니다.
그렇지만 그러한 시간이 지나며 대추는 익어가고 있었습니다. 처음 단단하던 대추알이 태풍 몇 개, 천둥 몇 개, 벼락 몇 개로 물러졌지만 빨갛고 더욱더 단맛 을 내며 값어치를 내고 있습니다. 많이 지쳐 있지만 앞으로 갈 길이 멀고 배워야 함이 더 많은 제 자신에게 다시금 힘을 낼 수 있도록 용기를 준 글귀입니다.

채*화 님

3년 전 엄마가 많이 편찮으셔서 병원에 오래 입원하셨던 적이 있었어요. 병원과 집을 오갈 때면 꼭 지나쳐야 했던 광화문 거리. 겨울부터 봄이 올 때까지 수많은 날들을 병원을 오가며 정말 많이 울었어요. 엄마와 추억이 가득했던 광화문 거리, 수많은 사람들, 그리고 교보생명 빌딩과 광화문글판까지……. 그때 제 마음이 힘들어서인지 광화문글판에 쓰인 글들을 보며 많은 위로를 많이 받았어요. 엄마는 광화문 하면 항상 제게 교보빌딩 이야기를 하셨는데 벌써 30년이라니 시간이 진짜 빠르네요. 다행히도 완치는 아니지만 예전보다 좋아지신 엄마가 옆에 계셔서 행복합니다.

김*미 님

'있잖아, 힘들다고 한숨짓지 마. 햇살과 바람은 한쪽 편만 들지 않아.'
워킹맘으로 일을 하고 있어요. 회사가 종로여서 항상 광화문 3번 출구에서 8시 반에 나와서 회사로 걸어갔지요. 어떤 날은 씩씩하게, 어떤 날은 터벅터벅……. 이미 정신은 안드로메다로 간 상태였어요. 출근길, 아이들 등원 시키고 정말 기진맥진한 상태에서 지하철 타고 회사로 출근하는 나……. 아슬아슬한 워킹맘의 일상에 출근길에 보았던 이 문구에 정말 감동받아 힘이 났어요. 심적으로 너무 힘들 때 보았던 이 문구, 아직도 휴대전화 사진첩에 고이 간직하고 있습니다.

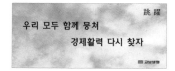

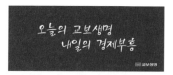

1991-1997

- 신용호 교보생명 · 교보문고 창립자의 제안으로 시작(1991)
- 사내 창작 문구로 계몽적 메시지를 전달

봄에 밭을 갈지 않으면
가을에 거둘 것이 없다

떠나라 낯선 곳으로
그대 하루하루의
낡은 반복으로부터

산을 바라보는 사람은 아름답습니다
바다를 바라보는 사람은 아름답습니다
지그시 따뜻한 눈으로
사람을 바라보는 사람은 더욱 아름답습니다
거기 그대와 나

하루 하루의 반복으로부터
낡은 습관으로부터 떠나야 합니다
모험심과 용기로 가득찬 청춘의 마음으로
새로운 천년의 낯선 곳을 향해 떠납시다

1998-1999

- 시민을 위한 글판으로 재탄생(1998)
- 위안과 희망을 담은 문구로 변경

길이 없으면 길을 만들며 간다
여기서부터 희망이다
교보생명

청자빛 하늘 그린듯이 곱고
보리밭 푸른 물결 헤치며
종달새 드높이 솟아 오르고
Best Life Partner 교보생명

모든 것은 변화한다
그러나, 우리의 번뇌는
존재가 변하기 때문에 생기는 것이 아니라
존재가 변한다는 사실을 모르는 데서 일어난다
교보생명

그대를 사랑한다며 나를 사랑하였다
이웃을 사랑한다며 나를 사랑하고 말았다
가만히 푸른 하늘이 내려다 본다
교보생명

賀正
아픈데서 피지 않는 꽃 어디 있으랴
꽃소식 환한 마음 보듬어
희망의 불 지피며 내일을 열자
교보생명

봉마릿가 감꽃은 엷은 물이 들었고
맨드라미 겹시꽃은 붉은 물이 들였다만
나는 이 가을날 무슨 물이 들었는고
Best Life Partner 교보생명

賀 正
기다리지 않아도 오고
기다림마저 잃었을 때에도 너는 온다
더디게 더디게 마침내 올 것이 온다. 봄.
KYOBO 교보생명

2000-2001

• 광화문글판 문안선정위원회 구성(2000)

283

2002-2003

- 월드컵 응원 글판(2002)
- 계절의 변화에 맞춰 정기적으로(3·6·9·12월) 글판 변경(2003)

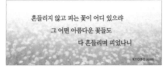

흔들리지 않고 피는 꽃이 어디 있으랴
그 어떤 아름다운 꽃들도
다 흔들리며 피었나니

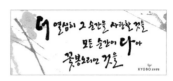

나무 그늘에 앉아
다른 사람의 눈물을 닦아주는 모습은
그 얼마나 고요한 아름다움인가

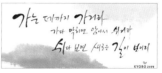

여치야 번지 없는 물섶에서
밤새우는 여치야
기운을 내라,
가을이 오고 또 봄이 온단다

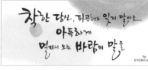

떠난 사람을 모두 돌아와
다 함께 눈을 맞자
눈 맞으며 사랑하자

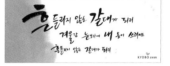

2004-2005

* 글판에 디자인이라는 개념 접목, 하나의 예술작품으로 표현(2004)
* 캘리그래피(손그림글씨)와 같은 감성적 서체 적용(2005)
* 광화문글판 부산 상륙(2005)

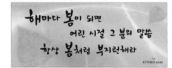

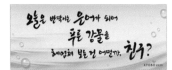

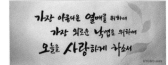

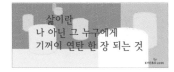
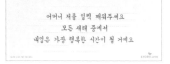

2006-2007

- 광화문글판 문안 공모 시작(2007)
- 환경재단의 '세상을 밝게 만든 100인' 선정(2007)

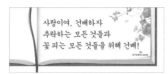

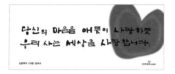

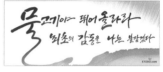

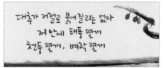

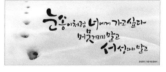

2008-2009

• 한글문화연대의 '우리말 사랑꾼' 선정(2008)
• 광화문글판 제주 상륙(2008)

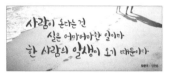
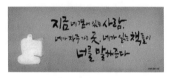

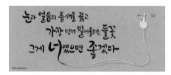

2010-2011

- 20년 기념 글판 모음집 《광화문에서 읽다 거닐다 느끼다》 출간(2010)
- 광화문글판 애플리케이션 오픈(2010)
- 한국옥외광고학회 발간 학술지 〈옥외광고학연구〉의 연구 주제로 선정(2010)
- 한국국제교류재단 발간 〈Koreana〉, 서울을 상징하는 문화아이콘으로 광화문글판 선정 (2011)
- 시민이 뽑은 최고의 광화문글판 온라인 투표-정현종 시인의 '방문객' 선정(2010)
- 광화문글판 문안 공모에서 선정된 최초의 글판 탄생-정호승 시인의 '고래를 위하여'(2011)

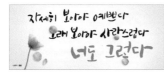
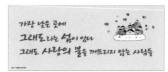

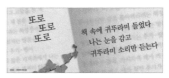
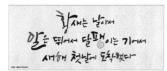
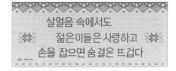

2012-2013

- 《광화문에서 읽다 거닐다 느끼다》 판매 수익금 기탁(푸르메센터 장애 어린이 도서관 건립) (2012)
- 온라인 인문학 서비스 '광화문에서 읽다 거닐다 느끼다' 사이트 오픈(2013)

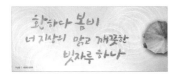

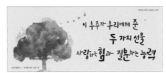

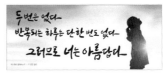

2014-2015

- 단행본 《의미부여의 기술》, 광화문글판 브랜드 스토리 성공사례로 소개(2014)
- 2014 광화문글판 대학생 디자인 공모전 개시(대상: 이다희)
- 2015 광화문글판 대학생 에세이 공모전 개시(대상: 원지한)
- 25주년 공감 콘서트 '그곳에 광화문글판이 있었네' 개최(2015)
- 25주년 기념 '내 마음을 울리는 광화문글판' 온라인 투표−나태주 시인의 '풀꽃' 선정(2015)

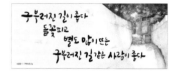
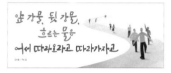

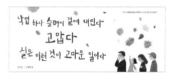

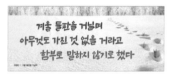

2016-2017

• 《광화문에서 읽다 거닐다 느끼다》 판매 수익금 탄광촌 어린이들을 위한 도서관 조성 기금 기부(2016)

• 《광화문에서 읽다 거닐다 느끼다》 판매 수익금 지역아동센터 인문학 프로그램 운영(2017)

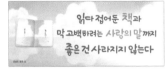

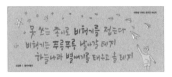

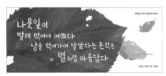

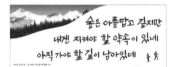

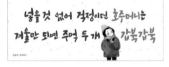

2018-2019

• 《광화문에서 읽다 거닐다 느끼다》 판매 수익금 굿네이버스 인터내셔널 기부(2018)
• 《광화문에서 읽다 거닐다 느끼다》 판매 수익금 초록우산 어린이재단 기부(2019)

꽃 진 자리에 잎 피었다
너에게 쓰고
잎 진 자리에 새가 앉았다
너에게 쓴다

세상 풍경 중에서
제일 아름다운 풍경
모든 것들이 제자리로 돌아오는 풍경

씨앗처럼 정지하라
꽃은 멈춤의 힘으로
피어난다

다시
RUN RUN RUN
넘어져도 괜찮아
또 RUN RUN RUN
좀 다쳐도 괜찮아

방탄소년단 | RUN

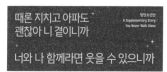

때론 지치고 아파도
괜찮아 니 곁이니까
너와 나 함께라면 웃을 수 있으니까

방탄소년단
A Supplementary Story
You Never Walk Alone

2020

- 광화문글판 30년 기념 '삶의 한 문장, 광화문글판' 공모전 개최
- '내 마음속 광화문글판 BEST 10' 온라인 투표-나태주 시인의 '풀꽃' 선정(2020)
- 8월 한 달간 광화문글판 30년 특별편 2회 게시(방탄소년단 〈RUN〉, 〈A Supplementary Story : You Never Walk Alone〉)
- 시민이 추천하고 대학생이 그린 '광화문글판 30년 기념편' 게시

광화문에 글꽃을 피운 사람들

고은　1958년《현대문학》으로 문단에 등단했으며 한국문학작가상, 만해문학상, 중앙문화대상, 대산문학상, 만해대상 등 국내 문학상 10여 개를 비롯하여 스웨덴 시카다상, 노르웨이 비외르손 훈장 등을 받았다. 저서로는《허공》《고은 전집》(총 38권) 등 1백여 종이 있다.

곽효환　1996년 〈세계일보〉에 〈벽화 속의 고양이 3〉을, 2002년 1월《시평》겨울호에 〈수락산〉 외 5편을 발표하며 등단했다. 김달진문학상, 편운문학상 등을 수상했다. 시집으로《인디오 여인》《지도에 없는 집》《슬픔의 뼈대》《너는》 등이 있으며,《이용악 전집》《너는 내게 너무 깊이 들어왔다》 등을 편찬했다.

김광규　1975년 계간《문학과지성》을 통해 등단했다. 녹원문학상, 김수영문학상, 편운문학상, 대산문학상, 이산문학상을 수상했다. 시집《크낙산의 마음》《좀팽이처럼》《물길》《가진 것 하나도 없지만》, 시선집《희미한 옛사랑의 그림자》《누군가를 위하여》, 산문집《육성과 가성》《천천히 올라가는 계단》 등을 펴냈다.

김규동　1948년《예술조선》을 통해 등단했다. 1951년 박인환, 김경린 등과 함께《후반기》동인으로 활동했으며 자유실천문인협의회, 한국민족예술인총연합, 민족문학작가회의 고문 등을 역임하면서 민족문학 진영을 이끌어왔다. 은관문화훈장, 만해문학상(2006) 등을 수상했으며 저서로는 시집《나비와 광장》《깨끗한 희망》《느릅나무에게》 등이 있다.

김남조　1950년 〈연합신문〉에 시 〈성수星宿〉〈잔상殘像〉 등을 발표하며 등단, 1953년 첫시집《목숨》을 출판하면서 본격적인 활동을 개시했다. 한국시인협회상, 서울시문화상, 대한민국예술원상, 3·1문화상, 만해대상, 일본지구문학상 등을 받았다. 시집《목숨》《사랑초서》《바람세례》《귀중한 오늘》 등과 수필집, 콩트집, 편저·논문 등이 있다.

김달진　1929년《문예공론》에 시 〈잡영수곡雜詠數曲〉을 첫 작품으로 발표했다. 1930년대에는《시원詩苑》《시인부락詩人部落》, 광복 후에는《죽순竹筍》 등의 시 전문지에 동인으로 참여했다. 시집《청시靑詩》를 비롯하여 시전집《올빼미의 노래》, 장편 서사시

〈큰 연꽃 한 송이 피기까지〉, 선시집禪詩集《한 벌 옷에 바리때 하나》, 수상집《산거일
기山居日記》 등의 저서를 남겼다.

김사인　1981년 《시와 경제》 동인 결성에 참여하면서 시를 발표하기 시작했으며,
1982년 무크 《한국문학의 현단계》를 통해 평론도 쓰기 시작했다. 시집으로 《밤에 쓰는
편지》 《가만히 좋아하는》 《어린 당나귀 곁에서》, 편저서로 《박상륭 깊이 읽기》 《시를 어
루만지다》 등이 있다. 현대문학상, 대산문학상, 임화문학예술상, 지훈상 등을 수상했다.

김소월　1920년 〈낭인浪人의 봄〉 〈야夜의 우적雨滴〉 등 5편을 소월이라는 필명으로
동인지 《창조》 5호에 처음으로 시를 발표하며 등단했다. 그리고 1925년 총 127작품을
수록한 시집 《진달래꽃》을 발표했다. 이는 시인이 생전에 낸 유일한 시집으로 기록된다.
1934년 32세의 나이에 생을 마감했다. 1939년 스승 김억이 엮은 《소월시초》가 발간된
다. 1977년 《문학사상》 11월호에 미발표 소월 자필 유고시 40여 편이 발굴, 게재된다.

김승희　1973년 〈경향신문〉 신춘문예에 〈그림 속의 물〉이 당선돼 등단했다. 첫 시
집 《태양미사》를 비롯하여 《왼손을 위한 협주곡》 《그래도라는 섬이 있다》 《도마는 도
마 위에서》 등을 냈다. 서강대학교 국문학과 교수로 재직 중이며 소월시문학상, 고정희
상을 수상했다.

김영일　1934년 〈매일신보〉 신춘문예에 동요 〈반딧불〉이 당선됐고 이듬해 《아이
생활》에 동요 〈방울새〉가 당선되면서 등단했다. 저서로는 동시집 《다람쥐》, 동요집
《소년기마대》, 동화집 《푸른 동산의 아이들》 《별 하나 나 하나》, 동요동시집 《봄동산에
오르면》 등이 있다. 대한민국아동문학상, 이주홍아동문학상 등을 수상했다.

김용택　1982년 창비 21인 신작시집 《꺼지지 않는 횃불로》에 〈섬진강 1〉 외 8편을
발표하면서 작품 활동을 시작했다. 1986년 김수영문학상을, 1997년 소월시문학상을
수상했다. 시집으로 《섬진강》 《맑은 날》 《그래서 당신》 등이 있고, 산문집으로 《작은
마을》 《그리운 것들은 산 뒤에 있다》 《섬진강 이야기》 《인생》 등이 있다.

김종삼　《원정》 《돌각담》으로 등단했다. 1957년 전봉건全鳳健, 김광림金光林 등과 3인
연대시집 《전쟁과 음악과 희망과》를, 1968년 문덕수文德守, 김광림과 3인 연대시집 《본
적지本籍地》를 발간했다. 시집 《십이음계十二音階》 《시인학교》 《북치는 소년》 《누군가 나
에게 물었다》 등이 있다.

김현승 1934년 〈쓸쓸한 겨울 저녁이 올 때 당신들은〉과 〈어린 새벽은 우리를 찾아 온다 합니다〉를 〈동아일보〉에 발표하며 문단에 등단했다. 1955년 전라남도 제1회 문화상 문학 부문을, 1973년 서울특별시문화상 문학 부문을 수상했다. 저서로 《김현승 시선집》《옹호자의 노래》《견고한 고독》《절대고독》《마지막 지상에서》《고독과 시》등이 있다.

나태주 1971년 〈서울신문〉 신춘문예를 통해 문단에 데뷔했으며 충남문인협회 회장, 공주문인협회 회장, 공주녹색연합 대표 등을 역임했다. 현재는 한국시인협회 회장으로 활동 중이다. 1973년 첫 시집 《대숲 아래서》를 시작으로 《빈손의 노래》《사랑하는 마음 내게 있어도》《울지마라 아내여》《한들한들》《꽃을 보듯 너를 본다》 등을 펴냈다.

도종환 1980년대 초 동인지 《분단시대》에 〈고두미 마을에서〉 등 5편의 시를 발표하며 작품 활동을 시작했다. 제8회 신동엽 창작기금, 제7회 민족예술상, 현대 충북 예술상, 거창평화인권문학상, 정지용문학상 등을 수상했다. 시집으로 《접시꽃 당신》《내가 사랑하는 당신은》《당신은 누구십니까》《사람의 마을에 꽃이 진다》《부드러운 직선》《슬픔의 뿌리》 등이 있다.

마종기 1959년 연세대학교 본과 1학년 때 박두진 시인의 추천으로 《현대문학》을 통해 등단했다. 이후 미국으로 건너가 오하이오 주립대학 병원 수련의를 거쳐 전문의가 됐다. 2009년에는 시 〈파타고니아의 양〉으로 현대문학상을 수상했다. 《조용한 개선》《안 보이는 사랑의 나라》《이슬의 눈》《우리는 서로를 부르는 것일까》 등을 펴냈다.

문정희 1969년 《월간문학》으로 등단했다. 현대문학상, 소월시문학상, 정지용문학상 등을 수상했고, 2004년 마케도니아 테토보 세계문학 포럼에서 〈분수〉로 올해의 시인상, 2008년 한국예술평론가협회 선정 올해의 최우수 예술가상 문학 부문 등을 수상했다. 시집으로 《찔레》《오라, 거짓 사랑아》《양귀비꽃 머리에 꽂고》《지금 장미를 따라》등이 있다.

박남준 1984년 《시인》에 시를 발표하며 작품 활동을 시작했다. 전주시 예술가상, 거창 평화인권문학상, 천상병문학상 등을 수상했다. 시집 《세상의 길가에 나무가 되어》《풀여치의 노래》《다만 흘러가는 것들을 듣는다》와 산문집 《작고 가벼워질 때까지》《별의 안부를 묻는다》《꽃이 진다 꽃이 핀다》《박남준 산방 일기》 등이 있다.

박재삼 1955년 《현대문학》에 시 〈섭리〉〈정적〉 등이 추천되며 등단했다. 현대문학신인상, 문교부 문예상, 인촌상, 한국시협상, 노산문학상, 한국문학작가상, 평화문학상, 중앙시조대상, 조연현문학상 등을 수상했고, 은관문화훈장(1997) 등을 받았다. 주요 작품으로 시집 《춘향이 마음》《천년의 바람》《뜨거운 달》, 수필집 《아름다운 삶의 무늬》 등이 있다.

반칠환 1992년 〈동아일보〉 신춘문예에 〈갈 수 없는 그곳〉〈가뭄〉으로 등단했으며, 2002년 서라벌 문학상을 수상했다. 시집 《뜰채로 죽은 별을 건지는 사람》《웃음의 힘》을 비롯하여 시선집 《누나야》, 시평집 《내게 가장 가까운 신, 당신》, 장편동화 《하늘 궁전의 비밀》《지킴이는 뭘 지키지?》 등을 펴냈다.

방탄소년단BTS RM, 진, 슈가, 제이홉, 지민, 뷔, 정국으로 구성된 그룹이다. 2013년 싱글앨범 『2 COOL 4 SKOOL』로 데뷔했다. 자신들의 이야기를 음악으로 들려주며 인종과 계층, 세대를 뛰어넘어 전 세계에서 사랑받고 있다. 2020년 8월 발표한 디지털 싱글 〈Dynamite〉로 한국 가수 최초로 미국 빌보드 '핫 100' 차트 정상에 오르며 새 역사를 썼다.

백무산 1984년 《민중시》를 통해 작품활동을 시작했다. 시집 《만국의 노동자여》《동트는 미포만의 새벽을 딛고》《인간의 시간》《길은 광야의 것이다》《초심》《길 밖의 길》《거대한 일상》《그 모든 가장자리》《폐허를 인양하다》 등이 있다. 이산문학상, 만해문학상, 아름다운작가상, 오장환문학상, 임화문학예술상, 대산문학상, 백석문학상 등을 수상했다.

시인과 촌장 대한민국의 포크 밴드. 1981년 하덕규가 오종수와 듀오를 결성한 후, 서영은의 단편소설 〈시인과 촌장〉을 따와서 팀명을 짓고 1집을 발표한다. 그 후 하덕규는 기타리스트 함춘호를 만나 시인과 촌장 2기를 결성하고 1986년 2집 『푸른 돛』, 1988년 3집 『숲』, 2000년 4집 『The Bridge』를 발표했다.

신경림 1956년 《문학예술》로 등단했다. 만해문학상, 한국문학작가상, 이산문학상 등을 수상했다. 시집으로 《농무》《새재》《가난한 사랑노래》《갈대》《목계장터》《뿔》《낙타》 등이 있으며, 《바람의 풍경》《한밤중에 눈을 뜨면》 등의 산문집이 있다. 어린이들을 위한 《꼬부랑 할머니가》《엄마는 아무것도 모르면서》 등을 펴냈다.

안도현 1984년 〈동아일보〉 신춘문예에 시가 당선되며 작품 활동을 시작했다. 시와 시학 젊은 시인상, 소월시문학상, 노작문학상, 이수문학상, 윤동주상, 백석문학상 등을 수상했다. 시집《서울로 가는 전봉준》《모닥불》《외롭고 높고 쓸쓸한》《아무것도 아닌 것에 대하여》등과 동시집《나무 잎사귀 뒤쪽 마을》《남남》등을 펴냈다.

오장환 1933년 15세의 어린 나이로《조선문학》에 시〈목욕간〉을 발표하면서 등단했다. 1937년 첫 시집《성벽》을 시작으로《헌사》《병든 서울》《나 사는 곳》을 발간했다. 해방 이후 월북해 북한에서도 작품 활동을 이어나가며 시집《붉은 기》를 펴냈다. 1988년 납·월북 작가의 해금 조치 후 남한에서《오장환 전집》이 간행되고 그의 미발표 유고인〈전쟁〉〈황무지〉가 발굴·공개됐다.

윤동주 15세 때부터 시를 쓰기 시작해《가톨릭소년》에 여러 편의 동시를,〈조선일보〉와〈경향신문〉등에 시를 발표했다. 문예지《새명동》발간에도 참여했다. 1943년 독립운동을 모의한 사상범으로 일본 경찰에 체포돼 후쿠오카 형무소에서 복역하다 광복을 여섯 달 앞둔 1945년 2월 16일 옥사해 고향 용정에 묻혔다. 1948년 유고 31편이 수록된《하늘과 바람과 별과 시》가 처음으로 간행됐다.

이생진 1955년 첫 시집《산토끼》를 펴냈고 1969년〈제단〉으로《현대문학》을 통해 등단했다. 시집《그리운 바다 성산포》《무연고》등과 시선집《그 사람 내게로 오네》《그리운 섬 우도에 가면》, 산문집《아무도 섬에 오라고 하지 않았다》《시와 살다》등을 펴냈다. 윤동주문학상, 상화시인상을 수상했다.

이성부 1966년 동아일보 신춘문예에《우리들의 양식》이 당선돼 등단했다. 현대문학상, 한국문학작가상, 대산문학상, 편운문학상, 가천환경문학상 등을 수상했다. 시집으로《이성부 시집》《우리들의 양식》《백제행》《전야》《빈산 뒤에 두고》《야간 산행》등과 시선집《평야》《산에 내 몸을 비벼》《깨끗한 나라》《너를 보내고》등이 있다.

이시영 1969년〈중앙일보〉신춘문예에 시조〈수繡〉가,《월간문학》신인 작품 공모에 시〈채탄〉이 당선되며 등단했다. 정지용문학상, 동서문학상, 서라벌문학상, 백석문학상 등을 수상했다. 시집《만월滿月》《바람 속으로》《피뢰침과 심장》《이슬 맺힌 사랑 노래》《무늬》《사이》등과 산문집《곧 수풀은 베어지리라》가 있다.

이용악 1930년대 중반에 등단해 월북했던 6·25 당시까지《분수령》《낡은 집》《오랑캐꽃》《이용악집》등 4권의 시집을 남겼다. 월북 이후의 작품 활동에 대해서는 알려진 바 없다.

이준관　1971년 〈서울신문〉 신춘문예에 동시 당선과 1974년 《심상》 신인상 시 당선으로 시와 동시를 써오고 있다. 펴낸 책으로 동시집 《씀바귀꽃》 《내가 채송화꽃처럼 조그마했을 때》 《쥐눈이콩은 기죽지 않아》가 있고, 시집 《가을 떡갈나무 숲》 《천국의 계단》 등이 있다. 대한민국문학상, 방정환문학상, 소천아동문학상, 김달진문학상, 영랑시문학상 등을 수상했다.

이진명　1990년 계간지 《작가세계》에 〈저녁을 위하여〉 외 7편을 발표하면서 작품 활동을 시작했다. 시집 《지상의 울창한 숲들》 《밤에 용서라는 말을 들었다》 《집에 돌아갈 날짜를 세어보다》 《단 한 사람》 《세워진 사람》 등이 있다. 일연문학상과 서정시학작품상을 수상했다.

장석남　1987년 경향신문 신춘문예에 〈맨발로 걷기〉가 당선돼 등단했으며 1991년 첫 시집 《새떼들에게로의 망명》으로 김수영문학상을 수상했고 1999년 〈마당에 배를 매다〉로 현대문학상을 수상했다. 《지금은 간신히 아무도 그립지 않을 무렵》 《젖은 눈》 《왼쪽 가슴 아래께에 온 통증》 《미소는, 어디로 가시려는가》 등의 시집을 발표했다.

장석주　1975년 월간문학 신인상 공모에 시 〈심야〉가 당선되며 문단에 등단했다. 월간문학 신인상, 해양문학상 등을 수상했다. 시집 《완전주의자의 꿈》 《붕붕거리는 추억의 한때》 《붉디 붉은 호랑이》 등이 있고, 산문집 《만보객 책 속을 거닐다》 《취서만필》 《나는 문학이다》 등이 있다.

정현종　1965년 《현대문학》을 통해 문단에 등단했다. 연암문학상, 이산문학상, 현대문학상, 대산문학상, 미당문학상 시 부문을 수상했다. 1972년 첫 시집 《사물의 꿈》을 출간한 이후 《나는 별아저씨》 《떨어져도 튀는 공처럼》 《사랑할 시간이 많지 않다》 《갈증이며 샘물인》 등의 시집을 발표했다.

정호승　1973년 〈대한일보〉와 1982년 〈조선일보〉 신춘문예에 각각 시와 단편소설이 당선돼 문단에 등단했다. 소월시문학상, 동서문학상, 정지용문학상, 편운문학상 등을 수상했다. 시집 《슬픔이 기쁨에게》 《새벽편지》, 시선집 《내가 사랑하는 사람》 《흔들리지 않는 갈대》, 동화 《항아리》 《모닥불》 등이 있고, 산문집으로 《소년부처》 등이 있다.

정희성　1970년 〈동아일보〉 신춘문예로 등단했다. 시집 《답청踏靑》 《저문 강에 삽을 씻고》 《한 그리움이 다른 그리움에게》 《시를 찾아서》 《돌아다보면 문득》 《그리운 나무》 등을 펴냈다. 김수영문학상, 불교문학상, 만해문학상, 아름다운작가상, 육사시문학상, 구상문학상을 수상했다.

조병화　1949년 첫 시집 《버리고 싶은 유산遺産》을 출간해 시인의 길로 들어섰다. 아세아문학상, 한국시인협회상, 삼일문화상, 대한민국예술원상, 대한민국문학대상, 대한민국금관문화훈장, 국민훈장 모란장 등을 수상했다. 《먼지와 바람 사이》《밤의 이야기》《어머니》 등의 창작시집과 시선집, 시론집, 화집, 수필집 총 160여 권의 저서를 출간했다.

조정권　1969년 시 〈흑판〉이 박목월의 추천을 받아 《현대시학》 창간 신인 시인으로 등단했다. 녹원문학상, 한국시인협회상, 김수영문학상과 소월시문학상, 현대문학상을 수상했다. 주요 시집으로는 《비를 바라보는 일곱 가지 마음의 형태》《시편》《허심송》《하늘이불》《산정묘지》《신성한 숲》 등이 있다.

조태일　1964년 〈경향신문〉 신춘문예에 시 〈아침 선박船舶〉이 당선돼 등단했다. 편운문학상, 전라남도문학상, 만해문학상 등을 수상했다. 작품으로는 〈한강〉〈물로 칼을 베는 방법〉〈비내리는 야산野山〉〈소나기의 울음〉〈해빙〉〈무지개〉 등의 시가 있으며, 시집에는 《가거도》《연가》《자유가 시인더러》《산 속에서 꽃 속에서》 등이 있다.

조향미　1984년 무크지 《전망》을 통해 작품 활동을 시작했다. 시집으로 《길보다 멀리 기다림은 뻗어 있네》《새의 마음》《그 나무가 나에게 팔을 벌렸다》 등을 발표했다. 현재 고등학교 교사로 교편을 잡고 있다.

천상병　1952년 《문예》에 〈강물〉〈갈매기〉 등을 추천받은 후 여러 문예지에 시와 평론 등을 발표했다. 《주막에서》《귀천歸天》《요놈 요놈 요 이쁜 놈》 등의 시집과 산문집 《괜찮다 다 괜찮다》, 그림 동화집 《나는 할아버지다 요놈들아》 등이 있다. 그의 미망인이 1993년 글모음집 《날개 없는 새 짝이 되어》를 펴내면서 유고시집 《나 하늘로 돌아가네》를 함께 펴냈다.

천양희　1965년 《현대문학》에 시를 발표하며 작품 활동을 시작했다. 소월시문학상, 현대문학상, 대한민국문화예술상, 공초문학상, 박두진문학상, 만해문학상 등을 수상했다. 시집으로 《신이 우리에게 묻는다면》《마음의 수수밭》《오래된 골목》《너무 많은 입》《나는 가끔 우두커니가 된다》, 산문집으로 《시의 숲을 거닐다》《내일을 사는 마음에게》《나는 울지 않는 바람이다》 등이 있다.

채호기 1988년 《창작과비평》 여름호를 통해 등단했다. 시집으로 《지독한 사랑》《슬픈 게이》《밤의 공중전화》《수련》《손가락이 뜨겁다》《레슬링 질 수밖에 없는》이 있으며, 김수영문학상과 현대시작품상을 수상했다. 현재 서울예술대학교 문예학부 교수로 재직 중이다.

최하림 1964년 〈빈약한 올페의 회상〉이 〈조선일보〉 신춘문예에 당선돼 문단에 나왔다. 이산문학상, 현대불교문학상, 제2회 올해의 예술상 문학 부분 최우수상을 수상했다. 시집 《우리들을 위하여》《작은 마을에서》《겨울 깊은 물소리》《속이 보이는 심연으로》《때로는 네가 보이지 않는다》와 시선집 《사랑의 변주곡》《햇볕 사이로 한 의자가》 등이 있다.

키비 Kebee 짙은 감수성이 묻어나는 가사가 인상적인 힙합 뮤지션이다. 2001년 청소년 문화 센터 '하자센터'에서 만들어진 『Haja Ost Hiphop Project Album』에 〈시작의 시작〉이라는 곡으로 데뷔했다. 대표곡으로는 〈시작의 시작〉〈미운 오리의 새끼〉〈소년을 위로해줘〉 등이 있다.

함민복 1988년 《세계의 문학》에 〈성선설〉 등을 발표하며 등단했다. 1990년 첫 시집 《우울 씨의 일일》을 펴냈다. 이후 《자본주의의 약속》《모든 경계에는 꽃이 핀다》 등을 발표했다. 김수영문학상, 오늘의 젊은 예술가상, 박용래문학상, 애지문학상, 윤동주문학대상을 수상했다.

허형만 1973년 《월간문학》과 1978년 《아동문예》로 작품 활동을 시작했다. 한국예술상, 펜문학상, 문병란문학상, 영랑시문학상, 한국시학상, 윤동주문학상 편운문학상, 한성기문학상, 월간문학동리상, 광주문화예술대상, 순천문학상 등을 수상했다. 시집 《清明》《영혼의 눈》《가벼운 빗방울》《불타는 얼음》《황홀》《바람칼》,《음성》 등을 펴냈다.

황인숙 〈경향신문〉 신춘문예에 〈나는 고양이로 태어나리라〉가 당선돼 등단했다. 시집 《새는 하늘을 자유롭게 풀어놓고》《자명한 산책》《우리는 철새처럼 만났다》《리스본행 야간열차》 등이 있다. 산문집 《나는 고독하다》《인숙만필》《육체는 슬퍼라》 등을 펴냈다. 동서문학상과 김수영문학상을 수상했다.

고바야시 잇사 小林一茶 15세에 출향해 25세에 당시 에도에서 하이쿠로 명성을 날리던 치쿠아竹阿라는 사범의 문하생으로 들어가 하이쿠를 배웠다. 마쓰오 바쇼松尾芭蕉,

요사 부손与謝蕪村와 함께 일본 에도시대 3대 하이쿠 시인으로 이름을 떨쳤다. 전국을 유랑하며 서민들의 애환을 대변하는 작품 활동을 펼치다 1827년에 세상을 떠났다.

로버트 프로스트 Robert Frost 첫 시집 《소년의 의지A Boy's Will》가 출판되면서 시인의 길을 시작했다. 이후 《보스턴의 북쪽North of Boston》 《산의 골짜기Mountain Interval》를 펴냈고, 1923년 《뉴햄프셔New Hampshire》, 1930년 《프로스트 시 모음집Frost's Collected Poems》, 1936년 《더 먼 경계A Further Range》, 1942년 《표지의 나무A Witness Tree》로 퓰리처상을 수상했다.

메리 올리버 Mary Oliver 14살 때 시를 쓰기 시작해 1963년에 첫 시집 《항해는 없다 외 No Voyage and Other Poems》를 발표했다. 1984년 《미국의 원시American Primitive》로 퓰리처상을, 1992년 《새 시선집New and Selected Poems》으로 전미도서상을 받았다. 산문집 《완벽한 날들》 《긴 호흡》 《휘파람 부는 사람》을 펴냈다.

비스와바 쉼보르스카 Wislawa Szymborska 1945년 〈폴란드 일보〉에 시 〈단어를 찾아서〉를 발표하며 등단한 뒤, 첫 시집 《우리가 살아가는 이유》부터 《여기》에 이르기까지 12권의 시집을 출간했다. 타계 직후인 2012년 4월 미완성 유고시집 《충분하다》가 출판됐다. 독일 괴테 문학상, 폴란드 펜클럽 문학상 등을 받았으며, 1996년 노벨문학상 수상의 영예를 안았다.

시바타 도요 柴田 トヨ 아들의 권유로 92세에 처음 시를 쓰기 시작했다. 99세에 출간한 첫 시집이 일본에서 베스트셀러가 되며 널리 알려졌다. 100세가 넘는 삶을 살면서 깨달은 사랑과 희망을 완숙한 시선으로 노래한다. 시집으로 《약해지지 마》와 《약해지지 마 - 두 번째 이야기》가 있다.

알프레드 테니슨 Alfred Tennyson 대학에 들어가기도 전인 1827년 《두 형제 시집 Poems by Two Brothers》을 익명으로 내놓았다. 이후 《시집》 1, 2권을 시작으로 《왕녀The Princess》로 명성을 떨쳤다. 1850년에는 걸작 《인 메모리엄In Memoriam》을 출판했으며, W. 워즈워스의 후임으로 계관시인이 됐다. 그 후에도 《모드Maud》 《국왕목가國王牧歌, Idylls of the King》 《이녹 아든Enoch Arden》 등으로 국민적 인기를 누렸다.

요한 괴테 Johann Wolfgang von Goethe 1749년 프랑크푸르트암마인에서 태어나 라이프치히대학에서 수학했다. 1774년 《젊은 베르테르의 슬픔》으로 일약 문단에서 이름을 떨쳤다. 이후 극작가, 화가, 변호사 등 다방면으로 활약했다. 저서로는 일생의 역작 《파우

스트》를 비롯해, 《빌헬름 마이스터의 편력시대》《마리엔바더의 비가》《시와 진실》 등이 있다.

이솝 Aesop   동물들을 등장시켜 우회적으로 인생지혜를 전하는 《이솝우화》의 작자로 알려져 있다. 헤로도토스에 따르면 이솝은 기원전 6세기 사람으로, 사모스 사람 이아도몬의 노예였으며 델포이에서 살해됐다고 한다. 그보다 좀 뒤의 기록에는 그가 프리기아 인이라는 것과 그가 살해당한 원인 등이 좀 더 뚜렷이 드러나 있으나 그 진위는 분명치 않다.

파블로 네루다 Pablo Neruda   라틴아메리카 문학을 대표하는 시인이며 20세기 세계 최고의 시인 중 한 명으로 평가받는다. 19세 때인 1924년 첫 시집 《스무 편의 사랑의 시와 한 편의 절망의 노래》를 냈다. 1971년 노벨문학상을 수상했다. 저서로는 《지상의 거처 1,2,3》《모두의 노래》《기본적인 것들에 바치는 송가》《무훈의 노래》《이슬라 네그라의 추억》 등의 시집을 냈다.

폴 엘뤼아르 Paul Eluard   프랑스의 시인으로 1917년 《의무와 불안 Le Devoir et l'Inquiétude》을 발간했다. 《고통의 도시 Capitale de la douleur》《시와 진실 Poésie et Vérité》《독일군의 주둔지에서 Au rendez-vous allemand》《교훈 Une leçon morale》《불사조 Le Phénix》를 비롯한 많은 시집을 냈다.

헤르만 헤세 Hermann Hesse   튀빙겐의 서점 직원으로 근무하며 낭만주의 문학에 심취, 1899년 처녀시집 《낭만적인 노래》와 산문집 《자정 이후의 한 시간 》을 출판해 R.M.릴케에게 인정을 받으며 시인으로 입신했다. 최초의 장편소설 《페터카멘친트》로 확고한 문학적 지위를 얻었고, 《유리알유희》로 1946년 노벨문학상을 수상했다. 주요 작품으로 《수레바퀴 밑에서》《게르트루트》《크눌프》《데미안》 등이 있다.